DESCOBRINDO OS CLÁSSICOS

O VOO DO HIPOPÓTAMO

LUIZ ANTONIO AGUIAR

editora ática

O voo do hipopótamo
© Luiz Antonio Aguiar, 2005

Editora-chefe	Claudia Morales
Editor	Fabricio Waltrick
Editor assistente	Emílio Satoshi Hamaya
Preparador	Agnaldo Holanda
Seção "Outros olhares"	Veio Libri
Coordenadora de revisão	Ivany Picasso Batista
Revisora	Cynthia Costa
Estagiária	Fabiane Zorn

ARTE

Diagramadora	Thatiana Kalaes
Editoração eletrônica	Corte Design
Pesquisa iconográfica	Sílvio Kligin (coord.)
	Ana Vidotti
	Veio Libri
Ilustrações	Maurício Veneza
Ilustrações de Machado de Assis	Samuel Casal
Estagiária	Mayara Enohata

CIP-BRASIL. CATALOGAÇÃO NA FONTE
SINDICATO NACIONAL DOS EDITORES DE LIVROS, RJ

A23v
2.ed.

Aguiar, Luiz Antonio, 1955-
   O voo do hipopótamo / Luiz Antonio Aguiar - 2.ed. - São Paulo : Ática, 2008.
   152p. : il. - (Descobrindo os Clássicos)

   Contém suplemento de leitura
   Inclui apêndice
   ISBN 978-85-08-12107-8

   1. Novela juvenil. I. Assis, Machado de, 1839-1908. Memórias póstumas de Brás Cubas. II. Título. III. Série.

06-2343.   CDD: 028.5
                                            CDU: 087.5

ISBN 978 85 08 12017-8
CL: 736572
CAE: 241620

2023
2ª edição
10ª impressão
Impressão e acabamento: Edições Loyola

Todos os direitos reservados pela Editora Ática S.A., 2005
Av. das Nações Unidas, 7221, Pinheiros – CEP 05425-902 – São Paulo, SP
Atendimento ao cliente: 4003-3061 – atendimento@aticascipione.com.br
www.coletivoleitor.com.br

IMPORTANTE: Ao comprar um livro, você remunera e reconhece o trabalho do autor e o de muitos outros profissionais envolvidos na produção editorial e na comercialização das obras: editores, revisores, diagramadores, ilustradores, gráficos, divulgadores, distribuidores, livreiros, entre outros. Ajude-nos a combater a cópia ilegal! Ela gera desemprego, prejudica a difusão da cultura e encarece os livros que você compra.

QUERER SER E QUERER PARECER

Memórias póstumas de Brás Cubas traz uma inusitada visão sobre este mundo, oferecida por quem já partiu para o outro – a história, como se revela no título, é narrada pelo próprio Brás Cubas, depois de morto.

É para a leitura dessa obra, a ser cobrada em prova da escola, que Túlio se aproxima de Virgília. Prevendo dificuldades para ler o clássico – e ir bem na prova –, recorre à garota, que o está lendo com estusiasmo, auxiliada pelo avô, profundo conhecedor da obra de Machado de Assis.

Só que essa aproximação dos dois adolescentes não poderia ser mais complicada...

Bem enturmado na escola, astro da seleção de vôlei, admirado pelos colegas e assediado pelas garotas, Túlio é extremamente preocupado com as aparências e com a opinião alheia, e faz de tudo para manter sua popularidade na turma. Já Virgília, novata na escola, tem um modo muito original de ser e se vestir, quer sempre ser ela mesma, é um tanto agressiva, não se deixa afetar pelas opiniões dos outros, nem admite mudar seu jeito para se adequar aos padrões de comportamento dos novos colegas – por conta disso, logo no primeiro dia de aula, passa a ser execrada pela turma toda.

Mas Túlio precisa tirar uma boa nota na prova, senão corre o risco de ser reprovado e certamente será cortado do time de vôlei. Tal necessidade o leva a conviver com Virgília, mesmo correndo o risco de virar piada para a turma da escola. O que será do seu prestígio se seus amigos descobrirem que ele frequenta a casa daquela que eles julgam ser a criatura mais esquisita que já apareceu na cidade? E que é neta do coveiro e mora no cemitério, ainda por cima? Para piorar, Túlio não quer confessar nem a si mesmo, mas a garota mexe muito com os seus sentimentos.

Vencidas algumas dificuldades iniciais na leitura do clássico de Machado de Assis, Túlio vai se empolgando pelo livro. A fina ironia com que o autor retrata os personagens e a sociedade, a originalidade da narrativa, o humor incomum para a época, o deboche e a amargura do narrador, a profunda investigação da alma humana... A leitura do clássico, com toda a sua riqueza existencial, faz Túlio e Virgília repensarem suas posturas diante da vida. Vale a pena abrir mão de nossas chances de felicidade por receio da opinião alheia? Não haveria modos menos agressivos, que afastem menos as pessoas, na busca pela afirmação da individualidade?

O voo do hipopótamo é uma história que fala de descobertas. Descobrindo o clássico *Memórias póstumas de Brás Cubas*, Túlio e Virgília acabam por descobrir muito sobre a vida e sobre si mesmos.

Os editores

Os trechos de *Memórias póstumas de Brás Cubas* foram extraídos da edição publicada pela Ática na série Bom Livro (29ª edição, 9ª impressão, cotejada com a edição crítica do Instituto Nacional do Livro).

SUMÁRIO

1 Os vizinhos 11

2 Dedicatória... 14

3 A neta do coveiro... 18

4 Com a pena da galhofa e a tinta da melancolia 24

5 A outra Virgília 32

6 Lucidez & maluquez – razão contra sandice............. 39

7 O Realismo delirante 42

8 O coveiro leitor.. 52

9 O desdém dos finados... 63

10 Amores no trapézio 72

11 Outra de menos 79

12 Vontade do céu... 87

13 O senão do livro 100

14 A festa! e O resultado da festa! 104

15 Molas da vida.. 108

16 Estrume e virtude... 119

17 De cão e de filósofo, todo personagem (de Machado) tem um pouco 127

18 O hipopótamo voador 136

Epílogo: A negação de *Das negativas* 142

Outros olhares sobre *Memórias póstumas de Brás Cubas* 145

Controlando a minha maluquez
misturada com minha lucidez...
"Maluco beleza", Raul Seixas

• 1 •
Os vizinhos

Havia uma coisa com que Túlio não se conformava: morar colado ao cemitério. Principalmente quando tinha de voltar para casa já tarde da noite. Não dava para evitar passar por aqueles muros, que eram como uma larga ferradura, envolvendo a vila de casas em que Túlio vivia.

Quando queriam implicar com Túlio, perguntavam o endereço dele: "Sepultura, número...?".

Ou: "Na fachada da sua casa você tem placa com número, ou uma lápide?".

Túlio só fazia arreganhar os dentes, num sorriso tipo *sardônico*, ou seja, quase uma careta – por coincidência, embora Túlio não conhecesse o significado da palavra *sardônico*, um sorriso desses que se diz que é sorriso de morto. No instante final. Sorriso de quem não acha graça nenhuma em morar *dentro do cemitério*.

– Não exagera, Túlio. Dentro, não! – E a mãe dava uma risadinha. – Somos só vizinhos!

– ... Dos defuntos! – completava Túlio.

Era uma discussão que não acabava. Já durava anos. Túlio tinha seus dezesseis anos, agora. Mas continuava se arrepiando quando acordava no meio da noite com uma janela batendo, ou quando o vento uivava ao entrar por uma fresta – e sempre que tinha de passar em frente aos portões do cemitério, de noite, naquela rua escura, muito escura, onde morava.

– Quem já está morto não faz mal à gente – resmungava o pai de Túlio, mecânico de automóveis, dono da oficina nos fundos da vila. – Tá achando que um deles vai se levantar da sepultura e... fazer o quê? Ora, garoto, francamente! Eles não estão mais interessados nas coisas deste mundo.

Mas e se...?

Naquela noite, então, voltando de bicicleta para casa, já bem depois das onze horas, o garoto tinha mais uma razão para estar atormentado. Dali a menos de duas semanas, ia enfrentar a prova do "livro do bimestre". Teria de ler o *Memórias póstumas de Brás Cubas*, de Machado de Assis.

Túlio havia passado a tarde no treino de vôlei – ele jogava de ponta na seleção do colégio. Depois, saiu com a turma, já escurecendo; ficaram de papo, rolando de bicicleta para cima e para baixo pelo centro da cidade, e quando viu já eram onze horas.

– Puxa, e eu ia começar a ler o livro esta noite. Agora, não vai dar!

Então, tomou o caminho para casa. E foi quando o livro, sepultado fazia tempo no fundo da sua mochila, começou a incomodar. Principalmente no que o garoto entrou na sua rua e se lembrou do cemitério. Era o *póstumas* do título. Se fossem perguntar, Túlio ia logo, de preguiça, responder que não sabia o que queria dizer essa palavra. Só que em alguma ocasião já a escutara. E, caso se esforçasse um pouco, ia se lembrar de que tinha a ver com defunto. Póstumo: depois da morte. Memórias póstumas: as memórias contadas por um morto.

Mas isso é absurdo. Como assim?... Um morto renasce, vira para a gente e...

Não, não renasce. Continua morto. Só que vira escritor, depois de morto. E para escrever suas memórias...

E aí, quer ver um morto contando sua história? Quer descobrir como é a vida vista por um defunto? E um defunto com um jeito todo dele de ver e se lembrar dos vivos, que tal?

Quem sabe esse papo sem palavras estivesse acontecendo na cabeça do Túlio? Assim, de ouvir dizer, de alguém já ter comentado algo sobre o livro, perto dele? Quem sabe o professor, num momento em que Túlio estava mais ou menos distraído? No entanto, o garoto não saberia dizer nem onde nem quando ouvira isso.

Só sabia que continuava se recusando a pensar a respeito de mortos. Principalmente na hora de passar junto ao paredão, e depois diante do portão de ferro do cemitério. "Aqui terás tua eterna morada!", estava escrito em letras forjadas também em ferro, no alto do portão. Túlio fez uma careta ao se lembrar disso. E quase, bem naquela hora, respondia: "Nunca! Morar aí, nunca!".

Mas foi então que escutou o violino.

• 2 •
Dedicatória

A música vinha de lá de dentro, bem do meio das tumbas. Túlio freou sua bicicleta, sem desmontar.

"Só pode ser um daqueles meus amigos palhaços!", resmungou em pensamento, olhando para os lados. Tinha certeza de que havia todo um bando escondido ali em volta (a mesma turminha que ele acabara de deixar no centro, depois de horas de papo furado), na espreita, para vê-lo dar um vexame, de tão apavorado.

"Isso não tem graça nenhuma! Nessas coisas não se mexe à toa. Se fosse um deles que morasse aqui, com uns... vizinhos desses, duvido que ficasse de brincadeira!"

Não conseguiu enxergar ninguém escondido, mas tinha certeza de que estavam ali. A rua era muito escura mesmo. E silenciosa. Ainda mais àquela hora. O som do violino parecia aumentar a cada segundo, e já penetrava nele, como se tivesse pregado na sua nuca, por dentro da gola da camiseta, e escorresse, num calafrio gosmento, pela espinha.

"Não tem a menor graça!", repetiu para si mesmo. E agora, misturada ao susto, havia a raiva. Mais e mais raiva: "Se eu passar direto, eles vão chegar amanhã na escola cheios de histórias. Vão dizer que eu morri de medo. Vão inventar que eu fiz a maior cena! Vão...".

Não tinha escapatória, e ele sabia. Era o seu nome que estava em jogo. Ele era um cara popular no colégio. Fazia parte da turma para a qual todo mundo queria entrar. Não queria arriscar. De popular para "pele" do colégio, aquele em quem todo mundo encarna, de quem todo mundo abusa, era um pulo curto, ou melhor, um tropeção só, mais nada, e... lá ia ele, de cara no chão!

Em suma, bobear ali era garantir gozação até o final do ano. No mínimo.

Túlio desmontou da bicicleta.

Mas aquele violino solitário, tocando ao longe, de algum lugar lá do meio das tumbas, ia ser duro de encarar! Ah, e como!

Ele avançou até o portão e o abriu. As dobradiças enferrujadas reclamaram. O garoto se encolheu todo:"Essa droga de portão velho tinha de guinchar assim, não tinha?".

Levou um segundo para se restabelecer do gemido arrepiante do portão, e então deu dois passos, passando para dentro do cemitério.

"Tão vendo?", pensou em gritar para os engraçadinhos. "Estou aqui dentro! Bem aqui dentro! Vocês estavam achando que podiam me assustar, é?"

O violino continuava.

"Droga!", resmungou Túlio para si. "Eles vão querer que eu entre... de verdade!"

A noite parecia ter sido escolhida a dedo para pregar sustos: lua nova e um céu nublado, sem estrelas. Daquelas noites em que passa uma brisa leve, arrastando folhas secas pelo chão. Túlio imaginou os olhos da molecada postos sobre ele, esperando somente um vacilo para saírem das tocas no maior deboche, e foi isso que o fez ir em frente. O garoto avançou por uma aleia ladeada de sepulturas, seguindo a música do violino.

"E quando eu chegar lá, vão fazer o quê?", perguntou-se. Mas um outro pensamento é que o perturbou, naquele momento: "O som... nem parece de *CD-player*. Parece... parece... um violino mesmo, ao vivo!".

Mas não podia ser. Nenhum dos seus amigos tocava violino. Ainda mais tão bem daquele jeito. Túlio não reconheceu a música. Mas soava a ele como algo que combinava bem com a noite que fazia e com o cenário.

"Principalmente com o cenário", pensou Túlio, esfregando as mãos, sentindo frio, e apertando os olhos para enxergar melhor. De repente, viu uma luminosidade à frente, como se fosse uma lâmpada, ou uma lanterna, mas de um branco azulado e brilhante. Uma luminosidade esquisita, diferente. O garoto teve um arrepio que foi difícil de controlar. Começou a achar que seus amigos palhaços estavam indo longe demais, que estavam exagerando na gozação com ele. Certo, eles eram terríveis. E Túlio, junto com aquela turma, já aprontara cada uma!

"Mas, desta vez, hem? Capricharam! Tá, é até elogio! Senão, sabiam que eu não ia cair na armação!"

Então, justo quando uma sepultura mais alta deixou de obstruir sua visão, ele a viu.

Vestida toda de preto.

Saia preta esvoaçante.

Sapatos pontudos, saltos altos.

Batom preto, toda a maquiagem preta.

Tocando violino, de pé, em cima de uma sepultura de pedra.

Os cabelos, muito escuros e encaracolados, voando soltos para trás.

O lampião a gás, com sua luminosidade branco-azulada, apoiado num canteirinho da parte superior da tumba.

Túlio ficou estatelado quando a viu.

Ela o percebeu e parou de tocar. Então, ergueu a vista para ele, encarou-o, olhou bem dentro dos seus olhos e falou, alto, com voz rouca e tenebrosa:

– *Ao verme que primeiro roeu as frias carnes do meu cadáver dedico como saudosa lembrança estas memórias póstumas.*

Túlio, assim que conseguiu recuperar o fôlego, recuou de costas uma meia dúzia de passos e então se virou e fugiu em disparada. Não pensou mais se haveria mesmo, ali, escondidos, apreciando a cena, os tais amigos dele, os palhaços, que bem poderiam estar morrendo de rir a essa hora. Nem pensou em coisa alguma. Apenas em se escafeder dali o mais depressa que podia. E, durante toda a corrida até a porta de sua casa, os olhos da garota violinista, brilhantes como estrelas negras, pareciam estar seguindo-o, quase chegando na sua nuca.

A bicicleta ficou esquecida junto ao portão do cemitério.

• 3 •
A neta do coveiro

Era o primeiro dia de Virgília em seu novo colégio.
Foi uma entrada e tanto em cena.

A garota estava toda de preto – saia larga, preta, de bainha esfiapada, camiseta com gola redonda e de rendas, igualmente preta, tênis e meias soquete, tudo preto. Assim como o batom, o esmalte nas unhas e o rímel pesado nos cílios. Tudo ainda mais realçado por sua pele pálida, suas sobrancelhas grossas, seus cabelos negros, encaracolados, esvoaçantes.

Não houve quem não se voltasse para ela, no que atravessou o corredor, indo para a sua classe. Teve quem sentiu ímpetos de fazer o sinal da cruz. Não era somente a roupa, a maquiagem, mas também a expressão no rosto, a postura do corpo. Algo do tipo "saiam todos da minha frente, que eu sou feroz!".

Até que, num dado momento, ela parou, encarou um bandinho de garotas que a estavam espiando pelo rabo do olho e esbravejou:

– O que foi, hem?

No instante seguinte se arrependeu. Mas era tarde. As garotas voltaram as costas para ela, trocando risadinhas e comentários.

E Virgília sabia que bastava um começo desses para criar fama num colégio.

Dali até a classe, seguiu direto sem olhar para os lados, entrou na sala, sentou bem no fundo e se encolheu.

Suas mãos estavam tremendo. A garota as escondeu entre as pernas.

Túlio é que teria várias razões para reparar nela. E não só nas mãos. Mas estava um bocado zonzo naquela manhã e, mal se sentara na carteira, enfiara a cara no *Memórias póstumas de Brás Cubas* (ou melhor, havia aberto o livro e fazia alguns minutos que estava de olhos cravados na primeira página, como se estivesse rogando uma praga contra o livro, o autor, a Literatura Brasileira e todos os demais envolvidos). Na verdade, havia uma névoa embolando seu raciocínio. Ainda estava atordoado pela visão da noite anterior.

E ficaria mais atordoado se tivesse se dado conta de que a "visão" havia acabado de se sentar duas fileiras atrás dele.

Ele primeiro sentiu um silêncio à sua volta: nada daquele zunzum de sempre, enquanto o professor não chegava. O garoto ergueu a cabeça e percebeu uma ou duas espiadas do pessoal, que, de início, pensou que eram para ele, mas logo viu que eram para "algo" que estava atrás dele. Foi virando a cabeça e percebeu que não havia ninguém sentado ao seu redor. Nada da turminha habitual que o cercava. Era como se houvesse um cordão de isolamento à sua volta.

Foi então que os olhos dele se ataram aos negros olhos dela.

Sentiu novo arrepio. Mais forte do que o primeiro. Como uma mordida gelada na nuca.

– Ãããããã! – ele ganiu, quase pulando na cadeira.

Túlio ficou um instante estatelado, o interior da barriga se contorcendo, procurando ver se entendia como é que a assombração do cemitério tinha surgido atrás dele.

Então, pelas olhadinhas que todo mundo estava dando à garota, e pelos cochichos já zumbindo na sala, que, sem dúvida, eram sobre ela, ele entendeu que não era o único que a estava vendo. Nesse instante...

... Nesse instante, sobre a carteira, a página do livro virou. E de repente, talvez por ação de uma brisa entrando pela janela. Algo no papel atraiu os olhos do garoto, que sem querer enfocou a vista – e lá estavam aquelas palavras. Sozinhas na página, como se estivessem numa lápide:

AO VERME
QUE
PRIMEIRO ROEU AS FRIAS CARNES
DO MEU CADÁVER
DEDICO
COMO SAUDOSA LEMBRANÇA
ESTAS
MEMÓRIAS PÓSTUMAS

Túlio soltou outro ganido. Reconheceu as palavras. Aliás, ou muito se enganava, ou sonhara com elas a noite inteira. Com as palavras e com os tais vermes que roíam as suas próprias frias carnes.

Ele se voltou para a garota.

– Que foi? Nunca viu? – reclamou Virgília, detestando ser encarada.

– Nunca! – ele respondeu, quase no reflexo. E logo a seguir viu que tinha falado bobagem. Mas respirou fundo e, sem conseguir tirar os olhos dela, apontou para a página no livro:

– Foi essa coisa aí que você falou... lá no... no...

– É a dedicatória do *Memórias póstumas*! E daí?

Túlio estava de boca aberta, ainda no processo de se convencer de que Virgília não era uma aparição do Outro Mundo. A garota deu de ombros e pareceu esquecer que ele existia.

Nesse instante, o professor entrou na classe. A aula começou, Túlio virou-se para a frente, tentou prestar atenção na lição do dia, era aula de História. Mas o tempo todo, como se estivesse preso a um anzol, o canto de seu olho se desviava para a garota atrás dele. Era como se ela, a qualquer momento, fosse estender a mão e tocá-lo nas costas, a unha do indicador descendo a espinha dele bem de leve.

Claro que nada nem parecido aconteceu. E enquanto isso uma ideia foi se formando na cabeça do garoto. Uma ideia que ele a princípio achou totalmente maluca. Prometeu a si mesmo que não havia a menor chance de fazer o que estava pensando em fazer. Nunca, de jeito nenhum! Queria era distância daquela "criatura".

Por outro lado, precisava muito tirar uma nota boa na prova do livro. Precisava de verdade, senão... reprovação à vista! Ia ficar em recuperação, perder parte das férias. E o pior: ia ser barrado da seleção de vôlei do colégio.

Mas, não! Sem chance! De jeito nenhum!

Não!

Logo que a campainha do intervalo tocou, e Virgília passou por ele, Túlio se viu levantando junto e indo atrás dela, justamente o que havia decidido não fazer.

– Tá querendo o quê? – perguntou a garota, virando-se.

Túlio gaguejou um bocado, mas conseguiu perguntar:

– Você já leu esse livro?

Virgília ficou olhando para ele um instante com cara zangada. Mas acabou respondendo:

– Tô lendo!

– E... não é meio difícil?

A garota não respondeu, mas lançou para ele um olhar impaciente.

"Mas por que ela precisa ser tão metida?", reclamou Túlio consigo mesmo. Se fosse seguir o impulso, já ia soltar meia dúzia de desaforos em cima dela. Mas pensou melhor, respirou fundo e disse:

— Você é nova no colégio, né? Meu nome é Túlio.

Ele brecou, esperando que a garota dissesse seu nome. Ela continuava com aquele ar de quem não queria papo. Finalmente ela disse:

— Meu avô está me ajudando. Ele adora Machado de Assis — E mais uma vez tentou escapar para a porta. Túlio marcou em cima:

— E quem é seu avô? Onde é que você mora?

— Meu avô é o seu Quincas. Conhece ele?

O pior é que conhecia.

Seu Quincas era o coveiro do cemitério.

— E você está morando com ele? Lá no...? — Túlio não quis completar a pergunta.

— Hum-hum! — confirmou a garota. — No cemitério.

— Tá... — disse Túlio, depois de um segundo. — Muito normal. O que é que tem, né? Você mora no cemitério. Somos... vizinhos, né? Normal, normal! Daí, bem... o que eu queria pedir é para você me dar umas dicas sobre esse livro. Para a prova, sabe?

— Não vai dar — respondeu Virgília, em cima.

— Ah, não? É que eu, bem... — Túlio arriscou seu melhor sorriso. — Em troca posso apresentar você ao pessoal mais legal do colégio. Sabe como é? Para você se enturmar logo!

Virgília deu de ombros, como quem diz: "Não tô nem aí".

Túlio ficou surpreso. Nunca esperava que ela recusasse. Fez uma cara tão desolada que Virgília se deteve. Mas logo bateu algo lá por dentro da garota e ela se fechou toda outra vez:

– Não dá mesmo. Estou cheia de coisas para fazer – alegou Virgília, tentando outra vez ir embora. – Tem mais de um mês de matéria atrasada para pegar e, além disso, tenho de praticar meu violino.

– Ah é... – Túlio lembrou a cena no cemitério. – E você pratica todo dia?

– E toda noite!

– Ah, claro. De noite. Combina bem.

– Com o quê? – disparou Virgília.

– Com... com... Ah, sei lá! É que eu não conheço mais ninguém que toca violino. Pelo menos, na turma daqui da cidade... É meio estranho... não é?

– Acontece – replicou a garota, irritando-se – que eu toco violino desde pequena, e daí?

"Daí... daí...", Túlio ficou cavoucando seus miolos, à procura de uma resposta. E nada de encontrar. Decididamente, não estava acostumado a levar tantos foras seguidos de uma garota. Já estava até se vendo diante de Virgília, paralisado, boca aberta, vermelho de dar pena. E essa imagem o fez ficar mais nervoso ainda: "Essa garota vai pensar que eu sou um otário total!".

Túlio nunca poderia imaginar que o jeito dele, diante de Virgília, tão desconcertado, sem saber o que fazer, foi o que desarmou a garota. E que ela só falou o que falou a seguir para dar uma força, mas nunca achou que ele aceitaria o convite. Pelo menos, foi do que ela tentou se convencer mais tarde. Só que ali, na hora, quando viu, já estava dizendo...

– Quer ir conversar com meu avô, lá em casa? Ele vai adorar.

– Na sua casa...? – gaguejou Túlio.

· 4 ·
Com a pena da galhofa e a tinta da melancolia

Seu Quincas morava numa casinha modesta. A entrada era por uma das laterais do muro em ferradura do cemitério. Na frente, tinha um jardim pequeno e bem cuidado, com uma enorme jabuticabeira junto a uma cerca coberta de trepadeiras, que limitava o terreno. Havia um portão naquele muro, e foi esse portão a primeira coisa em que Túlio reparou, quando entrou no jardim. Adivinhou que era só atravessá-lo e estaria cercado de túmulos. Seu Quincas tinha perto de setenta anos. Era alto, espigado, o rosto muito enrugado do sol, o corpo forte, tronco e braços musculosos. ("E aposto", pensou Túlio, admirando-se com o físico do velho, "que nessa de carregar caixão e abrir buraco no chão, ele nem precisa malhar!") Tinha também a cabeça toda branca, olhos penetrantes e negros como os da neta.

– E aí? – perguntou o velho Quincas, enquanto Túlio relia a passagem, logo no início do livro...

AO LEITOR
Que Stendhal confessasse haver escrito um de seus livros para cem leitores, coisa é que admira e consterna. O que não admira, nem provavelmente consterna-

*rá é se este outro livro não tiver os cem leitores de
Stendhal, nem cinquenta, nem vinte, e quando muito,
dez. Dez? Talvez cinco. Trata-se, na verdade, de uma
obra difusa, na qual eu, Brás Cubas, se adotei a forma
livre de um Stern ou de um Xavier de Maistre, não sei
se lhe meti algumas rabugens de pessimismo. Pode ser.
Obra de finado. Escrevi-a com a pena da galhofa e a
tinta da melancolia; e não é difícil antever o que pode-
rá sair desse conúbio. Acresce que a gente grave achar-
rá no livro umas aparências de puro romance, ao
passo que a gente frívola não achará nele o seu romance usual; ei-lo aí fica privado da estima dos graves
e do amor dos frívolos, que são as duas colunas máxi-
mas da opinião.*

(...)

Brás Cubas

— Olha... — disse finalmente Túlio. — Não queria parecer
mal-agradecido, mas não era bem isso o que eu estava pedindo. Vai levar um tempão para a gente ler o livro, mesmo com
o senhor me explicando. Se o senhor pudesse só me contar
mais ou menos como é a história, daí...

O velho levantou as mãos para o teto, pedindo paciência
aos céus (ou talvez desculpas a Machado de Assis):

— Ah, você quer é um resuminho, não é? Então, lá vai. Um
sujeito morre, daí, por um "processo extraordinário", começa
a escrever a história de sua vida. Morre e vira autor, entendeu?
É o Brás Cubas. Ele conta seus amores, suas tentativas de se
tornar uma celebridade, seus fracassos — e nisso seus amores
também estão incluídos. No final se despede de vez deste
mundo. Pronto, era isso?

Túlio ficou um instante se perguntando quantas questões poderia responder na prova com aquela explicação rapidinha. Pensou em pedir ao velho Quincas para repeti-la, daí poderia anotar. Mas... "Não, só com isso eu não me seguro na seleção de vôlei..." Só de ler a primeira página, viu que tinha muito mais rolos no diabo do livro. "Droga!"

E havia outra coisa, agora...

Havia o olhar de Virgília. Que o chamava de burro!

Estava doido para desmentir aquele olharzinho dela.

– Olha só! – resmungou de novo Túlio, dessa vez em voz alta. – Um tal de Stern, outro chamado... Xavier de Maistre! Nem sei dizer os nomes direito, quanto mais quem são esses caras! Eram tipo *best-seller* naquela época?

Seu Quincas sorriu:

– Não, somente leitores refinados os liam.

– Então, estão fazendo o que aqui? – perguntou Túlio, desconfiado.

– Vai ver... – arriscou Virgília – ... vai ver é gozação.

– Pode ser! – replicou seu Quincas. – Machado de Assis lia esses autores e os admirava muito. Tem gente que diz que o estilo do *Memórias póstumas* tem a ver com eles. Só que a maioria dos leitores do livro também não os conhecia, e aposto que Machado sabia que isso ia acontecer.

– E esse Brás Cubas? – arriscou Virgília. – Será que ele é o tipo do cara que ia ler esses escritores, ou só está citando eles para se exibir?

Seu Quincas deu uma risada, agora fitando a neta cheio de orgulho.

– Muito bem, Virgília. Acho que essa é a primeira pergunta que a gente tem de fazer quando lê esse livro. Quem é esse cara? Quem é esse Brás Cubas? Escutem a voz dele. Escutem bem. Para quem escutar direito, ela revela incríveis segredos sobre a alma humana e o mundo... até porque vem de um outro mundo. A voz de um defunto! Vocês não gostariam de descobrir o que ele tem a dizer?

Túlio sentiu um calafrio na espinha.

Já Virgília se remexeu na banqueta, com seus negros olhos brilhando, mais estrelados ainda.

Algum tempo hesitei se devia abrir estas memórias pelo princípio ou pelo fim, isto é, se poria em primeiro lugar o meu nascimento ou a minha morte. Suposto o uso vulgar seja começar pelo nascimento, duas considerações me levaram a adotar diferente método: a primeira é que eu não sou propriamente um autor defunto, mas um defunto autor, para quem a campa foi outro berço; a segunda é que o escrito ficaria assim mais galante e mais novo. Moisés, que também contou a sua morte, não a pôs no intróito, mas no cabo; diferença radical entre este livro e o Pentateuco.

Dito isto, expirei às duas horas da tarde de uma sexta-feira do mês de agosto de 1869, na minha bela chácara de Catumbi. Tinha uns sessenta e quatro anos (...) e fui acompanhado ao cemitério por onze amigos. Onze amigos! Verdade é que não houve cartas nem anúncios. Acresce que chovia – peneirava – uma chuvinha miúda, triste e constante, tão constante e tão triste, que levou um daqueles fiéis da última hora a intercalar esta engenhosa ideia no discurso que proferiu à beira de minha cova: – "Vós, que o conhecestes, meus senhores, vós podeis dizer comigo que a natureza parece estar chorando a perda irreparável de um dos mais belos caracteres que tem honrado a humanidade. Este ar sombrio, estas gotas do céu, aquelas nuvens escuras que cobrem o azul como um crepe funéreo, tudo isso é a dor crua e má que lhe rói à natureza as mais íntimas entranhas; tudo isso é um sublime louvor ao nosso ilustre finado."

Bom e fiel amigo! Não, não me arrependo das vinte apólices que lhe deixei. E foi assim que cheguei à cláusula dos meus dias (...) pausado e trôpego, como quem se retira tarde do espetáculo. Tarde e aborrecido. (...)

– É uma das minhas cenas prediletas nesse livro – disse seu Quincas, estalando os dedos de satisfação.

"Não admira…", pensou Túlio. "Cena de enterro."

Logo a seguir, pensou também: "Mas como é que um coveiro entende tanto de um livro desses? Se fossem me perguntar, eu ia dizer, no palpite, que o velho Quincas era analfabeto…".

O rosto de Túlio deve tê-lo traído. Virgília apertou os olhos, examinando o garoto, como se quisesse sugar os pensamentos dele. Mas foi só um momento, depois se voltou para o avô e falou, torcendo o nariz:

– Esse cara me dá é raiva!

Túlio sentiu o coração dar uma cambalhota. Por um momento não teve certeza se a garota estava falando dele ou de Brás Cubas.

Seu Quincas parou os olhos meigamente na neta:

– Raiva...?

– Está debochando até do pessoal que foi ao enterro dele – teimou Virgília.

– Virgília, não se precipite. Nesse livro, muita coisa tem um lado… e mais outro lado também. E se eu disser que sinto pena dele?

– Só se for para me irritar! – grunhiu Virgília, indignada.

– Nada disso... E quem sabe daqui a um tempo você pode estar sentindo a mesma coisa?

– Ah, vovô, nem inventa! – replicou a garota, agora emburrada.

Túlio soltou uma risadinha, e Virgília o fuzilou com o olhar. Foi o bastante para o garoto decidir de que lado ia ficar naquela discussão:

– Taí! Achei legal essa de um lado e outro lado. Explica mais, ô seu Quincas!

– Bem... Vejam, na "cláusula" dos dias dele, quer dizer, no final das contas, no último momento... último mesmo!... olha só o que resume a vida do nosso Brás Cubas. O próprio defunto tem de justificar a falta de gente em seu enterro: não houve anúncio, chovia, blá-blá-blá! Havia esse amigo que, quem sabe, só lhe fez elogios porque recebeu uma pequena herança. Mesmo que os elogios tenham sido sinceros, Brás Cubas não tem certeza disso. Não é para sentir pena?

Virgília fez uma careta, evitando responder. E Túlio, para provocá-la, balançou a cabeça, concordando.

– Agora, vejam outra coisa: Brás Cubas insinua que a diferença entre seu livro e o escrito por Moisés seja apenas um pequeno detalhe, a maneira como cada qual escolheu começar. Ora, o cara está comparando seu livro à Bíblia, mas já tinha reconhecido que pode acontecer de ninguém o ler. O que vocês acham?

– Que ele é cheio de papo! – berrou Túlio. – Faz piada, um bocado de pose, mas...

– ... Também diz que já vai tarde – animou-se Virgília –, entediado com a vida que teve...

– ... Mas não quer ir de vez – entrou Túlio, e Virgília completou:

– Tanto que volta, para contar como foi essa tal vida. Mesmo dizendo que não gostou dela. O cara é cheio de contradições.

– Um lado... e outro lado! Cara, essa agora eu entendi! – comemorou Túlio.

E o dueto tinha soado tão bonitinho que Virgília e Túlio cruzaram o olhar por um instante. O garoto reparou que ela não o estava olhando como quem o chamava de burro. Aliás, não sabia dizer qual era o jeito com que ela o olhava.

– Lembram? – disse seu Quincas lentamente. – Brás Cubas avisou que escreveu o livro com "a pena da galhofa e a tinta da melancolia". Faz sentido agora?

E não é que fazia?

– Puxa! – exclamou Túlio, ainda mais admirado. Mas, logo a seguir, um pensamento prático veio puxá-lo de volta ao mundo: – Se eu escrevesse uma coisa dessas na prova, ia arrasar!

Foi o bastante para Virgília bater o pé e estalar a língua, outra vez aborrecida. Túlio sabia que falara o que não devia, mas resolveu que não ia dar o braço a torcer para a garota.

– O que eu acho... – murmurou o coveiro – é que a gente tem de aprender a ouvir a voz de Brás Cubas com os dois ouvidos. Com atenção. Ele ri da vida, dos vivos, e no entanto a gente escuta também um timbre de tristeza até mesmo nessa risada. E essa tristeza é dele consigo mesmo. Não com os outros, nem com mais ninguém. Não tem a quem culpar por ela. Essa é a solidão que Brás Cubas leva para o túmulo... E que o obriga a voltar! Tudo tem pelo menos dois lados, entendem?

– Quer dizer, o cara é do tipo complicado, né?... – comentou Túlio, arregalando os olhos.

– Acho – disse o velho coveiro – que você pegou bem a coisa!

Túlio já não estava conseguindo desviar o olhar do rosto de seu Quincas: havia alguma coisa naquele velho que fazia o garoto se sentir bem de estar ali. Naquela salazinha sem tevê, com uma mesa pequena, de madeira sem verniz, servida por banquetas de madeira, onde estavam sentados, e uma estante baixa ao fundo, entulhada de livros. "Uma sala tão pobrezinha...", reparou Túlio. E mesmo assim ele se sentia bem ali, tão bem que até estranhava.

– Vamos fazer um trato – disse seu Quincas para Túlio. – Você tenta ler uns capítulos em casa e depois, se quiser, volta daqui a uns dias para a gente conversar. Certo?

Túlio respirou fundo, como se tomasse fôlego para iniciar a leitura. Seu Quincas pediu à neta que acompanhasse o garoto até o portão para a rua...

– Feito guarda-costas? – debochou Virgília. – Já escureceu e o pessoal aí das tumbas pode implicar com ele, né?

Seu Quincas soltou um muxoxo. Virgília saiu, dando risadinhas, na frente. Túlio apenas a seguiu, mudo, irritadíssimo com a garota.

• 5 •
A outra Virgília

Não foi um bom dia para o nosso ponta da seleção de vôlei do colégio.

Logo ele, que quando estava na quadra de vôlei se esquecia do resto do mundo. Mas, no treino daquela tarde, estava muito diferente.

A cena não ia sair tão cedo da cabeça dele.

– Bola alta na ponta! – gritou Paulão, o técnico.

Normalmente, nem precisaria gritar, Túlio já estaria no lance, dando aquela recuada para fora da quadra e pronto para saltar e descer o braço, numa cortada sem defesa para o time adversário.

Mas, não... Parecia que estava dormindo. E, quando abriu os olhos, a bola já estava em cima dele. Resultado: levou uma bolada bisonha no meio da cara, todo o time ficou olhando para ele sem entender, e Paulão, enfurecido com sua falta de atenção, deu nele uma bronca de arder as orelhas.

Foi o pior dos furos, mas não o único. Tanto que o técnico, com Túlio deixando a quadra, disse ao garoto, na passagem:

– Ô, Túlio, se não estiver com a cabeça no treino, amanhã à tarde, nem precisa aparecer, viu?

Túlio, muito envergonhado, murmurou qualquer coisa para o técnico, do tipo "pode deixar, professor", sem coragem de olhá-lo nos olhos, e foi para o vestiário se perguntando: "Mas o que é que está acontecendo comigo?".

Depois do jantar, Túlio foi para o seu quarto. O garoto recostou-se na cama e começou a zapear com o controle remoto, procurando algum jogo de vôlei na tevê. O *Memórias póstumas* estava lá no chão, junto da mochila, olhando para o garoto. Túlio quis fazer que não era com ele, mas, quando viu, a tevê estava com o som desligado e ele, resmungando, tinha o livro aberto nas mãos:

"Ora, tudo que é assassino-maníaco dos filmes volta do túmulo, retalhando pessoas, espalhando sangreira etc., etc. ... É por isso que tem o Assassino-Maníaco II, III, IV, e por aí vai. Se esse Brás Cubas voltou do mundo dos defuntos, o que tem de tão especial?".

Só que era tarde demais. Sem sentir, ele começou a ler...

Morri de uma pneumonia; mas se lhe disser que foi menos a pneumonia, do que uma ideia grandiosa e útil, a causa da minha morte, é possível que o leitor me não creia, e todavia é verdade. Vou expor-lhe sumariamente o caso. Julgue-o por si mesmo.

"Uau! O cara nem admite morrer de doença... Morreu de uma 'ideia grandiosa'. Essa eu quero ver!"

Com efeito, um dia de manhã, estando a passear na chácara, pendurou-se-me uma ideia no trapézio que eu tinha no cérebro (...) Essa ideia era nada menos que a invenção de um medicamento sublime, um emplasto anti-hipocondríaco, destinado a aliviar a nossa melancólica humanidade.

"Hem? Aliviar o quê?"

Na petição de privilégio que então redigi, chamei a atenção do governo para esse resultado, verdadeiramente cristão. Todavia, não neguei aos amigos as vantagens pecuniárias que deviam resultar da distribuição de um produto de tamanhos e tão profundos efeitos. Agora, porém, que estou cá do outro lado da vida, posso confessar tudo: o que me influiu principalmente foi o gosto de ver impressas nos jornais, mostradores, folhetos, esquinas, e enfim nas caixinhas do remédio, estas três palavras: Emplasto Brás Cubas. Para que negá-lo? Eu tinha a paixão do arruído, do cartaz, do foguete de lágrimas. (...) Digamos: – amor da glória.

(...)

Senão quando, estando eu ocupado em preparar e apurar a minha invenção, recebi em cheio um golpe de ar; adoeci logo, e não me tratei. (...) No outro dia estava pior; tratei-me enfim, mas incompletamente, sem método, nem cuidado, nem persistência, tal foi a origem do mal que me trouxe à eternidade.

"Não acredito. Mas que figura! Primeiro, se eu entendi direito, o cara tentou registrar a ideia dele, o tal remédio. Mas registrar o quê? Ele só pensou na marca, no nome. E qual era a fórmula desse tal emplasto que cura o diabo a quatro? Como essa coisa funciona?!"

Túlio viajou pelo teto um instante, refletindo, então emendou outro pensamento: "Tá... o cara tem 64 anos, pelo jeito é rico, grana de família, nunca trabalhou na vida. Mesmo assim, quer ser famoso. Claro, por que não? Daí, bola um emplasto, quer dizer, bola a embalagem e a marca. E nessa ele morre! Muito azar o dele! Se em vez desse tal emplasto idiota ele tivesse tentado inventar antibiótico, para tratar a pneumonia, como se faz hoje em dia, podia ser que daí desse alguma coisa de útil, e então ele não morria. Mas que nada! O cara era banana demais para inventar uma coisa legal de verdade! Ele também é só marca e embalagem!".

E, para reforçar, tinha a "genealogia" dos Cubas. Túlio achou muita graça quando descobriu que o pai do Brás Cubas não se conformava que o fundador da família fosse um tanoeiro, um fabricante de bacias, também chamadas cubas, e que fosse daí que herdaram o nome:

> *Como este apelido de Cubas lhe cheirasse excessivamente a tanoaria, alegava meu pai, bisneto do Damião, que o dito apelido fora dado a um cavaleiro, herói nas jornadas da África, em prêmio da façanha que praticou, arrebatando trezentas cubas ao mouros. Meu pai era homem de imaginação (...) Era um bom caráter (...) varão digno e leal como poucos. (...) Releva notar que ele não recorreu à inventiva senão depois de experimentar a falsificação; primeiramente, entroncou-se na família daquele meu famoso homônimo, o capitão-mor Brás Cubas, que fundou a vila de São Vicente, onde morreu em 1592, e por esse motivo é que me deu o nome de Brás. Opôs-se-lhe, porém, a família do capitão-mor, e foi então que ele imaginou as trezentas cubas mouriscas.*

Um pensamento extra correu na sua cabeça: "Deve ter muita gente assim por aí. Só marca e embalagem. E a gente se deixa enrolar, mas, se elas virassem personagens, se a gente pudesse escutar elas falarem como está falando o Brás Cubas, então...".

Túlio arregalou os olhos: "Será que o esforço para enfurecer a besta da Virgília está me deixando mais inteligente?". Repassou sua sacação sobre o autor defunto e gostou. Repetiu em voz alta. Gostou mais ainda. Riu, satisfeito! Anotou. Se desse, enfiaria a frase na prova.

Foi nesse momento que algo chamou a atenção de Túlio. Ele pensou reconhecer um som, entrando pela janela. Mas não se convenceu de que estivesse escutando direito, e tentou ler mais um pouco. E, justamente nesse trecho, lá na história, Brás Cubas recebia uma visita em seu leito de morte. Uma mulher...

> *Tinha então 54 anos, era uma ruína, uma imponente ruína. Imagine o leitor que nos amamos, ela e eu, muitos anos antes (....)*
>
> *Vejo-a assomar à porta da alcova, pálida, comovida, trajada de preto (...) Da cama, onde jazia, contemplei-a (...) Havia já dois anos que nos não víamos, e eu via-a agora não qual era, mas qual fora, quais fôramos ambos (...)*
>
> *(...) O que por agora importa saber é que Virgília – chamava-se Virgília – entrou na alcova, firme, com a gravidade que lhe davam as roupas e os anos, e veio até o meu leito.*

"Virgília...", pensou Túlio. "O nome dela também é Virgília!" E lá de fora o som se definiu melhor, afirmou-se, penetrando de repente na cabeça dele. O garoto arregalou os olhos. Era música. De violino.

(...) Virgília deixou-se estar de pé; durante algum tempo ficamos a olhar um para o outro, sem articular palavra. Quem diria? De dois grandes namorados, de duas paixões sem freio, nada mais havia ali, vinte anos depois; havia apenas dois corações murchos, devastados pela vida e saciados dela, não sei se em igual dose, mas enfim saciados. (...)

– Anda visitando os defuntos? disse-lhe eu. – Ora, defuntos! respondeu Virgília com um muxoxo. E depois de me apertar as mãos: – Ando a ver se ponho os vadios para a rua.

Não tinha a carícia lacrimosa de outro tempo; mas a voz era amiga e doce. Sentou-se. Eu estava só, em casa, com um simples enfermeiro; podíamos falar um ao outro, sem perigo. Virgília deu-me longas notícias de fora, narrando-as com graça, com um certo travo de má língua, que era o sal da palestra; eu, prestes a deixar o mundo, sentia um prazer satânico em mofar dele, em persuadir-me que não deixava nada.

– Xô! Passa! – rosnou Túlio, porque de repente a imagem da Virgília, a que era neta do coveiro, veio balançar no trapézio de sua cabeça. Mas não conseguiu afugentá-la. A garota continuava lá. Indo, voltando, saindo um instante de quadro, voltando na balançada seguinte...

E o pior era que, para ele, a cada ida e vinda no trapézio, os olhos dessa Virgília-garota pareciam mais e mais cravados nele, e os lábios dela, pintados de negro, mais e mais... Alguma coisa estranha de repente secou a garganta do garoto e fez a boca dele começar a queimar.

– Xôôôô! – ele repetiu assustado, deu um salto da cama e correu para a janela, escancarando-a. Queria mais ar no quarto. Precisava de ar!

Só que aí foi muito pior.

Porque a música, meio de longe, então chegou até ele de vez.

O garoto ficou paralisado. Era a mesma música da primeira vez em que vira Virgília. *Aquela* Virgília. Mas na hora ele tinha levado um susto tão grande que não havia reconhecido a melodia. Era um arranjo todo diferente, e ele nunca a escutara sendo tocada num violino. Entretanto, agora, se surpreendeu cantarolando: "... Controlando a minha maluquez / misturada com minha lucidez / Vou ficar... / ficar com certeza / maluco beleza.../ Eu vou ficar...".

Completando o clima, de algum lugar um cachorro uivava bem alto para o céu sem lua, marcando o fim de cada frase do estribilho.

· 6 ·
Lucidez & maluquez – razão contra sandice

Bronquinha não podia acreditar no que estava vendo.

Lá estava seu amigo, Túlio, astro da seleção de vôlei do colégio, o sujeito para quem todas as garotas mais maneiras esticavam o olho, que era cheio de amigos e considerado "o Popular", numa situação que podia acabar, definitivamente, com seu prestígio. Para o resto da vida.

Não era só com *quem* ele estava conversando, ali, com todo mundo podendo ver, na entrada do colégio. Era *como* ele estava. Esfregando as mãos. Jogando o peso de um tenisão-46 para o outro, como se tivesse desaprendido ali de repente, na frente dela, a ficar de pé. Enfim, todo bobo!

Bronquinha esfregou os olhos.

Já ia lá separar os dois, tirar seu amigo dali antes que fosse tarde, quando a garota fez que sim com a cabeça e virou as costas sem nem ao menos dar tchau, nem um sorriso, nada. Foi passando pelo Bronquinha e, quando viu o garoto olhando para ela, virou a cara e entrou direto no colégio.

– Mas quem essa menina acha que é, hem? – reclamou o Bronquinha.

E o Túlio lá, olhos pregados nas costas dela.

Todo bobo!

– Pirou? – rosnou Bronquinha, aproximando-se. Túlio levou um susto, como se despertado de supetão.

– Qualé, cara? Isso é jeito de chegar?

– Qualé você! Não acredito nessa sua cara. Que foi? Tá amarrado na Vampira, é?

– Quem? Como é?

– Na esquisitona! Nessa guria toda de preto, com esse cabelão solto e despenteado, de quem não se enxerga no espelho! Na garota que conseguiu que o colégio inteiro estranhasse ela logo na primeira semana. E que não vai durar nem um mês por aqui. Já tem até apelido: Vampira!

– Que apelido o quê! Não inventa, Bronquinha! – replicou Túlio, irritado.

Bronquinha arregalou os olhos:

– Ai, meu Deus! É sério, né? Senão, você ia era achar engraçado.

– O nome dela é Virgília!

– E eu com isso? Ela se apresentou para alguém? E você tá amarrado nela, é? Pirou?

De repente, Túlio baixou os olhos diante do amigo, todo envergonhado:

– Ô, Bronquinha! Tá me estranhando?

– Tô!

– Não é nada disso. É só a tal história da prova. A prova do livro. A Virgília tá me passando o resumo.

– Mas tinha que arranjar resumo logo com ela? Por que não pede para outra pessoa? Ou compra? Todo mundo faz isso. Tem gente que vende resumo até pela internet.

– Bem, é que... ela me dá também umas explicações, sabe? Ajuda a entender. Olha aqui, Bronquinha, isso é só para não ser barrado na seleção de vôlei.

– É?

– Juro.

– Então... chama ela pelo nome dela.

– O nome dela é Virgília.

– Não. Diga: a Vampira!

Num primeiro impulso, Túlio ia até fazer o que o amigo exigia. Mas brecou. E não conseguiu. Para sua própria surpresa, não conseguiu. Bronquinha aguardou alguns segundos, então revirou os olhos.

– Vai se danar, Bronquinha – grunhiu Túlio.

– Não, você é que vai! Sabe no que tá se metendo? Ela não é que nem a gente. Ela é de outra tribo, cara! Mora num cemitério! É neta do coveiro. Já pensou na gozação que você vai aguentar pro resto da vida? Raciocina, cara! Usa um pouco de juízo!

Bem lá no fundo, Túlio escutou um violino debochado. A música era a mesma que vinha ouvindo sempre, nos últimos dias, até em sonhos. E, naquele trecho, a letra dizia: "Enquanto você se esforça pra ser / um sujeito normal / e fazer tudo igual...".

– O que foi? – reclamou Bronquinha, percebendo que o amigo estava longe dali. – Congelou?

Túlio mal conseguiu responder. Gaguejou qualquer coisa e bateu em retirada. Pelo sim, pelo não, deu um jeito, num dos intervalos, de avisar a Virgília que iria se encontrar com ela na casa do avô, em vez de irem juntos do colégio até lá, como haviam combinado, na hora em que Bronquinha flagrou os dois. E naquela mesma tarde arranjou um resumo do *Memórias póstumas* que contava toda a história e tinha explicações do que caía na prova, tudo isso em somente duas páginas.

· 7 ·
O Realismo delirante

Que me conste, ainda ninguém relatou o seu próprio delírio; faço-o eu, e a ciência mo agradecerá. Se o leitor não é dado à contemplação destes fenômenos mentais, pode saltar o capítulo; vá direito à narração. Mas, por menos curioso que seja, sempre lhe digo que é interessante saber o que se passou na minha cabeça durante uns vinte a trinta minutos.

Primeiramente, tomei a figura de um barbeiro chinês, bojudo, destro, escanhoando um mandarim, que me pagava o trabalho com beliscões e confeitos; caprichos de mandarim.

Logo depois, senti-me transformado na Summa Theologica *de S. Tomás, impressa num volume, e encadernada em marroquim, com fechos de prata e estampas; ideia esta que me deu ao corpo a mais completa imobilidade; e ainda agora me lembra que, sendo as minhas mãos os fechos do livro, e cruzando-as eu sobre o ventre, alguém as descruzava (Virgília decerto), porque a atitude lhe dava a imagem de um defunto.*

Ultimamente, restituído à forma humana, vi chegar um hipopótamo, que me arrebatou. Deixei-me ir, cala-

do, não sei se por medo ou confiança; mas, dentro em pouco, a carreira de tal modo se tornou vertiginosa, que me atrevi a interrogá-lo, e com alguma arte lhe disse que a viagem me parecia sem destino.

– Engana-se, replicou o animal, nós vamos à origem dos séculos.

– Mas que droga de Realismo é esse? – protestou Túlio. – Desde quando esse tal de delírio é... real? Real delirante, onde já se viu? Que coisa maluca!

– Mas por que você está agora com essa conversa de Realismo? – reclamou Virgília.

Túlio engasgou. Nunca que ia confessar ter lido no resumo do livro que Machado de Assis era da escola realista!

Nem muito menos que tinha jurado, logo depois da dura do Bronquinha, que iria se afastar dela, Virgília. E que, quando chegou perto do cemitério, prometeu a si mesmo dar só uma passada rápida na casa do seu Quincas para inventar uma desculpa e escapar rapidinho, mas...

Já estavam esperando por ele, e Virgília começou a ler o trecho do delírio que teve Brás Cubas, logo antes de morrer. Depois, começaram a conversar, e Túlio falou na tal história de Realismo. Então foi ficando, foi ficando...

– Deixa eu dizer uma coisa para vocês – prosseguiu seu Quincas. – Se cair numa prova ou no vestibular uma pergunta assim: *A que escola literária pertence Machado de Assis?* Podem responder: *Realismo.* Se é para encaixá-lo numa escola, é essa, porque muita gente diz que Machado de Assis era um escritor do Realismo, e combina bem com a época dele, com o que os outros autores estavam escrevendo. Só que eu acho que ele não se encaixa exatamente em escola literária nenhuma. Por exemplo, esse capítulo, "O delírio"...

– É muito doido! – exclamou Túlio. – O cara monta num hipopótamo e sai voando...

– Só se for o seu hipopótamo – corrigiu Virgília. – O hipopótamo do delírio não voa, galopa!

"Ah, muito obrigado!", pensou Túlio, dirigindo à garota um sorriso amargo. "Muito obrigado mesmo, por me convencer de que você continua uma chata!"

Só que Túlio já havia percebido que, nessa tarde, Virgília não o olhava com deboche. Aliás, o garoto já nem tinha certeza se ela lhe dera mesmo o tal olhar de "você é um burro", ou se ele é que tinha imaginado. Túlio agora não se atrevia mais a interpretar os olhares de Virgília. Mas o caso é que, quando os olhos de ambos se cruzavam, abria-se um vazio no interior da barriga dele que logo uma maçaroca gélida ocupava, expandindo-se depressa e comprimindo-o de dentro para fora.

Não era uma sensação agradável.

– Por causa desse capítulo – foi dizendo seu Quincas –, o delírio que carrega Brás Cubas logo antes dele morrer... e por causa de outras coisas também na época em que o *Memórias póstumas* foi publicado, teve quem o criticasse, achando o livro estranho.

– Só se for um estranho legal! Tipo maluquez beleza! – protestou Virgília. – Eu tô achando superdiferente de outros livros que já li, aqueles bem românticos como *A Moreninha*, *Senhora*...

– E quem disse que todo mundo gosta do que é diferente, minha neta? – provocou seu Quincas. Virgília ficou em silêncio, encarando-o chateada. O coveiro sorriu e prosseguiu.

– No entanto, às vezes vale a pena correr o risco. Vejam só, Machado escreveu quatro romances, antes desse. Então, em 1881, lança *Memórias póstumas*. E isso é tão importante que tem gente que diz que essa data é a maioridade da Literatura

Brasileira. A partir de *Memórias póstumas*, ele mudou muito o jeito dos seus livros. E deu nisso!

– Acho genial como o tal delírio termina – empolgou-se Virgília. Túlio, que ainda não havia chegado nesse trecho, ficou escutando a garota ler em voz alta:

> *(...) mas então já a rapidez da marcha era tal, que escapava a toda a compreensão; ao pé dela o relâmpago seria um século. Talvez por isso entraram os objetos a trocarem-se; uns cresceram, outros minguaram, outros perderam-se no ambiente; um nevoeiro cobriu tudo – menos o hipopótamo que ali me trouxera, e que aliás começou a diminuir, a diminuir, a diminuir, até ficar do tamanho de um gato. Era efetivamente um gato. Encarei-o bem; era o meu gato Sultão, que brincava à porta da alcova, com uma bola de papel...*
>
> *(...)*
>
> *Já o leitor compreendeu que era a Razão que voltava à casa, e convidava a Sandice a sair (...)*

– Não acredito! – disse Túlio, espantado. – O hipopótamo agora virou um gato!

– É só mais *maluquez* – retrucou Virgília. – Não pode não, é?

– Poder, pode... – hesitou Túlio. – Mas é esquisito.

– Pois é – reforçou seu Quincas. – E os leitores da época não estavam muito acostumados com isso.

– Azar o deles então! – exclamou Virgília, irritada.

Seu Quincas ficou olhando para ela por mais um instante, depois prosseguiu:

– A liberdade das imagens desse capítulo não tem a ver com o Realismo. Não que a escola realista na literatura seja algo do gênero "realidade nua e crua", mas também não é... delirante.

Seu Quincas deu um tempo para as ideias se assentarem mais na cabeça de Túlio e Virgília, então prosseguiu:

– Agora, reparem em outra coisa: como a narrativa vai e volta, até aqui. Começa com Brás Cubas já morto. Daí volta, e conta como ele morreu: o emplasto, a pneumonia, o delírio... E agora é que vem o nascimento dele, depois rapidamente a infância de Brás Cubas. Fora outras estranhezas que vocês ainda vão descobrir.

– Tipo... "aguardem os próximos capítulos"? – brincou Túlio.

– Literalmente! – seu Quincas sorriu. – Vejam, essas *maneiras de escrever* não só não eram comuns, como não eram próprias do Realismo. Pelo menos, não do Realismo "puro--sangue". *Memórias póstumas* é uma obra muito diferente de tudo. Original e única. E Machado também não é só realista. Ele é um gênio! Gênio não tem classificação. Ele é muitas coisas, inclusive realista, quando esse é o tom que quer dar à história. Quando não serve à narrativa, ele descarta o Realismo, nunca se deixa prender por uma escola literária. Nunca, não Machado de Assis! É como se sussurrasse discretamente que regras e filosofias da moda não devem ser levadas a sério. Tudo em *Memórias póstumas* sofre a galhofa, o deboche. A civilização ocidental, o que é sagrado, o que é bem--aceito... Tudo...

– ... Sai voando no lombo do hipopótamo! – completou Túlio, no susto.

Virgília replicou no ato:

– Já disse que você está confundindo os hipopótamos! Aliás, esse que está voando dentro da sua cabeça é que deve estar dando ideias a você sobre o livro.

Os dois cruzaram um olhar desafiante por um momento, e desviaram-no quase ao mesmo tempo.

– Aproveitando que estamos falando nisso – emendou seu Quincas –, tem mais uma coisinha. – O velho sorriu de novo, passou as mãos agora agitadas sobre a cabeleira branca, e só então falou: – Muita gente achou na época que esse livro nem sequer era um romance. Sabem o que isso quer dizer?

– Mais ou menos – disse Virgília. – Será que tem a ver com essa coisa meio... solta? Mas não solta de verdade?

Túlio interrompeu, sinceramente admirado:

– Mas como é que você saca essas coisas?

– Desses outros romances que eu já li – respondeu Virgília, e sem nenhuma ironia. – Tudo neles parece "mais contado". Cada personagem, cada situação...

– Isso mesmo! – disse seu Quincas. – A narrativa do romance tradicional é mais "arrumada", mais em linha reta, para dar a impressão de que se acompanha a passagem do tempo. Aqui não... Aqui, ela é *fragmentada*, o termo que se usa é esse. É como um mosaico! Vários pedaços colados juntos.

– Eu reparei nisso – interveio Virgília. – Parece que a história tem uns buracos, uns saltos. Ele conta o nascimento, em 20 de outubro – disse Virgília, folheando o livro. – Aí vem uma coisa aqui, outra ali... Mas nada muito costurado. De repente, ele já é garoto, e já está até fazendo maldades!

Desde os cinco anos, merecera eu a alcunha de "menino diabo"; e verdadeiramente não era outra coisa; fui dos mais malignos do meu tempo, arguto, indiscreto, traquinas e voluntarioso. Por exemplo, um dia quebrei a cabeça de uma escrava, porque me negara uma colher do doce de coco que estava fazendo, e, não contente com o malefício, deitei um punhado de cinza ao tacho, e, não satisfeito da travessura, fui dizer à minha mãe que a escrava é que estragara o doce "por pirraça"; e eu tinha apenas seis anos. Prudêncio, um moleque de casa, era o meu cavalo de todos os dias; punha as mãos no chão, recebia um cordel nos queixos, à guisa de freio, eu trepava-lhe ao dorso, com uma varinha na mão, fustigava-o, dava mil voltas a um e outro lado, e ele obedecia, – algumas vezes gemendo – mas obedecia sem dizer palavra, ou, quando muito, um – "ai, nhonhô!" – ao que eu retorquia: – "Cala a boca, besta!" – Esconder os chapéus das visitas, deitar rabos de papel a pessoas graves, puxar pelo rabicho das cabeleiras, dar beliscões nos braços das matronas, e outras muitas façanhas deste jaez, eram mostras de um gênio indócil, mas devo crer que eram também expressões de um espírito robusto, porque meu pai tinha-me em grande admiração; e se às vezes me repreendia, à vista de gente, fazia-o por simples formalidade: em particular dava-me beijos.

– Na época, houve quem achasse que isso foi sem querer, um erro do autor, que teria escrito um romance malfeito, porque Brás Cubas não conta *tudo*. Na história dele, a gente não vai acompanhando *tim-tim por tim-tim* o seu crescimento, desde o nascimento. A narrativa tradicional era mais coesa, amarrada, encadeada, mais cheia. Dava a impressão de não deixar nada sem ser contado. Era só impressão, é claro, porque romance nenhum pode contar *tudo*, nem de uma história, nem de um personagem. Mas o truque funcionava! Aqui, a história é mais enxuta. O truque é outro. Os episódios são tão bem escolhidos e selecionados que basta isso, episódios exemplares como esse aí, para o leitor entender que o Brás

Cubas foi um fedelho rico e mimado, criado para pensar que era o rei do mundo.

– Eu gosto disso! – arriscou Túlio, com o rabo do olho vigiando a reação de Virgília. – Parece meio... cinematográfico.

– É mesmo! – reforçou Virgília, o que deixou Túlio contente. – Por causa dos cortes! Só que isso foi feito num tempo em que ainda não existia cinema.

– Muito boa, essa! – exclamou seu Quincas, cada vez mais animado com a dupla de leitores. – E aproveitando até essa coisa das *memórias*, que a gente vai lembrando de algo aqui, outro caso ali. Meio solto. E tem mais... notem o humor, a ironia. As maldades do menino Brás Cubas viram piada.

– Meio que de mau gosto – resmungou Virgília.

– Ah, sim, mas o que eu estou falando é que aquele era um tempo de gente séria, que não sorria nem para aparecer nos retratos. Humor é coisa muito rara na literatura do século XIX.

Virgília estava tão entusiasmada percorrendo com os olhos os trechos do livro, que era como se ela também estivesse no lombo de um hipopótamo, naquele momento, com segredos de séculos passando à sua frente. Pelo menos foi o pensamento que veio à cabeça de Túlio: "Se ela tivesse um visual mais... como as outras garotas... quem sabe? Ah, como será que ela fica de biquíni, na piscina? Epa! Não! Nada disso, Túlio, nem pensar! Além disso, quem disse que essa fera põe biquíni? Quem disse que vai numa piscina? Com essa pele tão branca, parece mais uma... vampira! Epa, de novo! Isso também não!".

– Por tudo isso – concluía seu Quincas –, o que vocês têm na mão é um romance especial. Aliás, especial até dentro da obra de Machado. Nada do que ele fez antes nem do que fez depois é igual a *Memórias póstumas*. É uma obra-prima da Literatura Brasileira. E mesmo da mundial. Um livro reconhecido como genial por muitos críticos estrangeiros. E essa obra-prima a gente pode ler na nossa própria língua, no português, que a gente conhece tão intimamente, de usar e sonhar, no que é dito e no que é sugerido. Mas... chega por hoje? Preciso ver como vai minha "clientela".

Túlio arregalou os olhos ao escutar a palavra *clientela*, mas não chegou a se sobressaltar. Mesmo a contragosto, estava se acostumando. Saíram juntos, e enquanto seu Quincas atravessava o portão, para fazer a ronda no cemitério, Virgília acompanhava o garoto até a rua.

Quando já estavam fora, pararam um instante.

Só que aí...

Tinha uma coisa que duas ou três vezes foi subindo pela garganta de Túlio, subindo e subindo, fazendo cócegas, irritando, e na última vez pôs até a cabeça para fora da goela dele e quase conseguiu sair pela sua boca. Quase que ele falou a tal coisa. Que ficou incomodando, ora roçando o céu da boca, ora fazendo volume debaixo da língua. E quase que Túlio a deixara escapar, apesar de algo na sua cabeça dizer: "Vai fazer besteira, cara! Não fala isso, senão...".

Só que aí, naquela hora, um parado diante do outro, um olhando para o outro, deu um aperto na barriga de Túlio, ele sem saber o que dizer, e lá escapuliu a tal coisa que não devia escapulir, dos lábios do garoto:

— Puxa, se você alisasse os cabelos e pintasse, sei lá... meio dando uma clareada, como as outras garotas fazem... ia ficar uma graça, sabe?

Primeiro, ele se assustou de ver aquelas palavras soltas já no ar, chegando às orelhas de Virgília. Depois, acomodou-se, tentando dizer a si mesmo que estava até fazendo um elogio à garota. Ora, ele não disse que ela *ia ficar uma graça?* Era elogio ou não era?

Mas, então, viu o rosto pálido de Virgínia ficar rubro, roxo, soltar trovões e relâmpagos, e ela disparar:

– E você, com um cérebro novo, um que funcione, é claro, quem sabe ia virar... *quase* um ser humano!? Tchau!

Ela virou as costas e bateu o portão de entrada com toda força. Túlio ficou ali paralisado, tentando entender o que dera nele para se deixar fazer algo tão estúpido.

• 8 •
O coveiro leitor

Dessa vez, foi a Vanessa.

A garota saiu do meio de um bolo de amigas, que estavam cochichando e rindo baixinho, e chegou junto de Túlio, que estava num canto, sentado nas escadas, tentando adiantar um pouco a leitura do *Memórias póstumas*.

Vanessa parou, Túlio não se deu conta de que ela estava ali, e ela arregalou os olhos, espantada.

E espantada por dois motivos.

Primeiro, porque não estava acostumada a ser ignorada.

Segundo, porque algo naquela cena parecia muito, muito esquisito. Quase... esquisito demais! E ela não sabia por quê: Túlio de cabeça baixa, tão atento à leitura que nem se tocava do que acontecia em volta.

— Puxa, deve ser verdade mesmo, né, Túlio?

O garoto ergueu a vista meio que no susto. E deu com Vanessa ali, debruçada junto dele.

— Oi... oi, Vanessa.

— Tava em outro mundo, é?

— Lendo... o livro... a prova – gaguejou Túlio.

— Mas por que você não compra um resumo, como todo mundo?

Túlio deu de ombros. Nem se lembrava do que fizera com o resumo que arrumara. "Se bobear, joguei fora sem perceber... Onde é que estou com a cabeça, hem?"

Então, lembrou-se da pergunta com que Vanessa – a Van, como todos a chamavam –, a quem ele vivia cercando nas festas, havia interrompido a leitura dele:

– Verdade? O que é verdade?

– Que você tá de namorada nova – ela disse. Túlio pensou um instante... De repente sentiu um frio na nuca, de medo. Vanessa, caprichando no ar de quem não está nem ligando, insistiu: – Tá todo mundo falando.

– Todo mundo quem? O Bronquinha?

– Todo mundo. – E Vanessa voltou-se para trás, em direção ao bando de garotas com quem estava conversando. Duas ou três lançaram para ela um olhar cúmplice. – Mas, e aí? Você tá mesmo namorando a Vampira?

– Não acho a menor graça chamar ela assim.

– Pronto. Se tá defendendo a namorada, o caso é grave. E por que essa garota não fala com ninguém no colégio? Parece que ela acha todo mundo aqui um bando de imbecis.

– Ela não fala... com ninguém...? – A voz de Túlio falhou, ao se dar conta de que estava sendo *acusado* de namorar uma menina que não conversava com nenhuma outra pessoa, a não ser...

– Só com você! – respondeu Vanessa, com uma risadinha.

Túlio hesitou um instante, mas a seguir enfiou o *Memórias póstumas* na mochila, levantou-se, passou um braço no ombro de Vanessa, soltou uma risada – daquelas que nem *bola de segurança*, no vôlei, guardada para situação de emergência – e saiu carregando a garota.

– Olha aqui, Van, não tem essa de namorada. Que namorada! Minha namorada não é você?

– Até parece! – protestou a garota. Mas disse isso rindo.

Bem que Túlio pensou que uma boa maneira de desfazer suspeitas seria, depois do treino de vôlei, pegar a bicicleta e ir zanzar pelo centro, junto com Bronquinha e os outros caras da turma. Fazia uns dias que ele não dava as caras por lá, indo sempre para a casa do seu Quincas. Isso era outra coisa, aliás, que ninguém podia descobrir: que ele estava frequentando a casa de um coveiro.

Nossa! Que perigo estava correndo!

"Então", pensou, "tá decidido... Hoje, nada de cemitério, nem de defuntos, muito menos de livros. Vou zoar até tarde e..."

Contudo, a contragosto, quando viu, estava pensando em Virgília, nos olhos dela... Olhos de estrela-negra!

E também no seu Quincas.

Havia algo de magnético naquela sala dele. O garoto ultimamente nem a achava tão desprovida assim, e tinha sido pego por Virgília, certa hora, distraído, agachado junto à estantezinha, correndo os olhos pela lombada dos livros.

– Puxa! Nunca vi nenhum desses caras mais gordo! – defendeu-se Túlio, quando se deu conta de que fora flagrado. Virgília soergueu a sobrancelha grossa e negra, daquele jeito que fazia Túlio pensar que seria capaz de assassiná-la, se tivesse certeza de que em pensamentos a garota o estava chamando de burro.

Por enquanto o que ele tinha era uma *quase certeza*...

Ou então, não era a sala, mas o jeito de seu Quincas, ao mesmo tempo tranquilo, hospitaleiro, mas sempre com um calor na voz como se estivesse falando da coisa mais importante do mundo, quando falava de literatura.

"E se for mesmo por causa da Virgília que eu ando por lá?", pensou, mas em seguida assustou-se com o pensamento.

Naquele dia, então, procurou evitar qualquer possibilidade de contato com a garota. Não queria se arriscar a alimentar mais boatos ainda contra a sua reputação.

Porém, na hora de ir embora, como se fosse a coisa mais decidida do planeta, montou na bicicleta e, em vez de seguir em direção ao centro, pegou o lado que ia para o cemitério.

* * *

Seu Quincas estava sozinho em casa. Quando percebeu isso, Túlio não conseguiu disfarçar o desapontamento. O velho riu e explicou:

– Virgília disse que precisava comprar umas coisas no centro.

Túlio fez uma careta. Meio sem entender a razão, ficou chateado. O caso é que, se tivesse decidido ir para o centro, poderia até esbarrar com Virgília.

"E aí? Como é que eu ia falar com ela, se estivesse com a turma? Todo mundo vendo, não ia dar! Não ia! E então? A gente se encontrava na rua, e eu virava a cara, fingia que não tinha visto? Que horror, Túlio, que bobeira! Ai, minha nossa, o que eu faço?"

– Mas a gente pode conversar, se você quiser – ofereceu seu Quincas, interrompendo os rodopios do pensamento do garoto e lhe indicando uma banqueta junto à mesa. – Você avançou com a leitura?

– Um pouco...

– Depois daquela sequência da morte e do enterro que apresentam Brás Cubas ao leitor, a história parece entrar numa ordem natural, você reparou? Quer dizer, o defunto autor vai dar uns rodopios, vez por outra, vai fazer piruetas, mas agora já tivemos a infância dele, depois vamos para a adolescência e...

Seu Quincas percebeu que o garoto não estava escutando e interrompeu o que dizia. Túlio, muito parado, manteve o olhar sobre seu Quincas por um instante. O velho não se incomodou por ser examinado. Pelo contrário, sorriu para o garoto, como se o convidasse a perguntar o que ele quisesse.

– O que o senhor era antes...?

Seu Quincas abriu mais ainda o sorriso, passou as mãos sobre a cabeleira prateada e completou a fala que Túlio interrompera:

– ... Antes de me tornar coveiro?

– Isso! Desde que eu me lembro, o senhor sempre morou aqui, mas... não tem lógica!

– O que não tem lógica? A morte fez nascer um autor em Brás Cubas. Em mim, me fez renascer como... um *coveiro leitor*, acho – seu Quincas riu, algo tristemente. O garoto ficou olhando para ele um instante, então reclamou:

– Não entendi nada!

– Desculpe! – sorriu seu Quincas. – Eu é que não expliquei. Você está achando estranho um coveiro que gosta de ler?

– E que entende tanto de autor complicado.

– Eu não acho esses autores complicados, Túlio. Acho que eles são profundos.

– Sei... – o garoto refletiu um instante na diferença das palavras. – Mas o senhor sempre foi... coveiro?

– Não. Mas faço isso há quase trinta anos. Já enterrei duas gerações aqui da cidade.

– Puxa! – Túlio engoliu em seco. Seu Quincas riu-se sonsamente, deliciando-se com o espanto que provocara no garoto. Túlio ainda conseguiu completar: – Legal, né? E antes? O que o senhor era?

– Antes, eu era rico! – Túlio arregalou os olhos. Seu Quincas soltou uma gargalhada. – Você quer escutar a minha história, Túlio? Vai achar meio esquisita!

Foi a vez de Túlio rir. "Uma esquisitice a mais ou a menos... Ultimamente, tudo tem andado esquisito. Até eu estou esquisito. Muito esquisito!"

– Como assim, rico?

– Rico de grana. Muita grana. Era dono de uma corretora de valores, no Rio de Janeiro. Rico de... poder ter qualquer coisa que o dinheiro compra. Rico, de querer ficar cada vez mais e mais rico.

– Ah, e isso é tão mal assim? – perguntou Túlio, confuso. – Todo mundo quer ser rico, né? Todo mundo, isso é normal!

Seu Quincas suspirou, olhando para o teto, como se estivesse lembrando.

– Na verdade, minha história, essa que você quer saber, começa num momento em que eu estava com essa grana toda, mas minha mulher tinha me deixado, levando junto minhas duas filhas. Nenhuma delas queria me ver mais, nem morto. E... bem, detalhes não interessam. Elas tinham razão de ter raiva de mim. Toda a razão deste mundo. Eu era uma droga de pai, uma droga de marido. Mas, então, veio o golpe pior. O que eu não podia acreditar que poderia acontecer comigo. O que arrasou comigo de vez... Eu fiquei doente. Deram-me... poucos meses de vida. Um ano no máximo! Isso mesmo, Túlio – disse seu Quincas, rindo da cara de espanto e temor do garoto –, eu devia estar morto! Quem sabe, estou...?

Túlio se remexeu na cadeira, incomodado. Seu Quincas soltou um muxoxo debochado e prosseguiu:

– Meses, um ano, e eu pensando... Não pode ser verdade! Isso não pode estar acontecendo comigo! Daí, eu fugi.

– Como assim?

– Isso, fugi da morte. Quis escapar, enganar a morte.

– Mas... não estou entendendo. Se o senhor estava doente, então...

– Vendi a corretora, me deu uma louca, vendi por qualquer coisa que meus sócios me ofereceram, depositei parte do dinheiro numa poupança para minhas filhas, outro tanto na conta da minha mulher e, um belo dia, fugi. Saí correndo mundo.

– Mas o senhor pensava mesmo...

– ... Que podia escapar da morte? Não sei. Acho... – ele sorriu. – Acho que sim. Andei, andei, andei por toda parte. Até que vim parar nesta cidade. Eu já estava sem dinheiro, precisava fazer alguma coisa para sobreviver. Então, fiquei sabendo que estavam precisando de um coveiro. Ninguém queria ser coveiro. Bem, eu passei meses fugindo da morte. Mas, sabe de uma coisa, Túlio? Adivinhe!

O garoto balançou a cabeça veementemente: "Adivinhar como? Uma piração dessas?".

– Já estava cansado de fugir. Sim. Isso mesmo. Eu corri tanto que já estava dizendo para mim mesmo: "Se a morte quer me pegar, que me pegue. Vai me ter bem aqui do lado. Agora, eu e ela vamos ser parceiros do dia a dia!".

– E daí?

– Daí, peguei o emprego. Pensei que ia ser só por um tempo, até... você sabe. Até eu morrer. E assim já não dava trabalho a ninguém. Já estava aqui do lado mesmo, né? Um coveiro sempre tem onde cair morto. – Ele riu. – Mas o caso é que eu não morri. Vinte e sete anos. E eu não morri!

– Mas e a doença que o senhor tinha?

– Não sei! Quer dizer, fiz uns exames, e parece que algo reagiu lá por dentro de mim. Sabe o que eu acho? Que era a minha infelicidade de antes que estava me matando. Sei que é meio idiotice dizer isso, mas não era para eu estar vivo. Só que eu estou vivo. Então? Daí, fui me acostumando com o silêncio, com a calma daqui.

– Calma? – espantou-se Túlio, e disse sem pensar: – Como pode ser calmo viver no meio dos defuntos?

O garoto se arrependeu logo em seguida. Mas seu Quincas não se importou.

– É meu trabalho, Túlio. Alguém precisa, na hora em que as famílias e os amigos mais estão sofrendo a perda, cuidar de quem parte. E, depois, alguém precisa zelar pelo bom estado de suas sepulturas, respeitosamente. Acho até mais útil do que minha profissão anterior. Eu precisava ganhar minha vida, e aqui tenho moradia, gás, luz e água de graça, um salário, minha horta aí atrás, e mais uma coisa... Uma coisa maravilhosa que eu recuperei, quando já nem lembrava mais que havia tido... – Seu Quincas apontou para a estante com os livros. – Sabe, meu pai era apaixonado por leitura. Falava dos livros como se fossem amigos dele. Deu-me o nome de Quincas em homenagem a um personagem de Machado de Assis, e daí começou uma espécie de tradição de família.

– A Virgília... – pensou em voz alta Túlio.

– Isso, o nome da Virgília vem também daí. E do mesmo livro, desse mesmo *Memórias póstumas*. Quando eu era garoto, também lia bastante. Depois, pílulas demais, ora para ajeitar a depressão, ora para ajeitar a ansiedade, e mais bebida para rebater... Bem, eu fiquei anos, quase vinte anos, sem ler nada que prestasse. Aqui, como se fosse a coisa mais natural do mundo, esse meu bom e antigo hábito voltou. Eu tenho muito tempo de sobra. Posso ler à vontade. E, depois, ficar pensando no que eu li. Está vendo? O Brás Cubas escapou da morte para escrever, e eu para ler. Esse negócio de morrer e de quase morrer, além de render boa literatura, pode ser uma experiência e tanto *de vida*!

Túlio ficou emudecido, sem conseguir nem sequer rir do trocadilho.

– O que achou da minha história? – perguntou sorrindo seu Quincas.

– Um bocado... esquisita mesmo – disse Túlio, assentindo devagar com a cabeça, mas sem nenhum alarde no tom de voz, e com uma expressão reflexiva no rosto, de quem ainda digeria o que havia escutado. – E a Virgília?

– O que é que tem minha neta?

– Ela é filha de uma de suas filhas, não é?

– É, claro, mas sobre a história dela, me faça um favor: pergunte para ela. Aliás, vocês precisam mesmo conversar.

– Hem? Conversar sobre o quê?

Seu Quincas sorriu. Túlio já ia se levantando para ir embora, mas tinha uma coisa que ele estava agora com vontade de dizer. Muita vontade.

– Eu até arranjei um resumo do *Memórias póstumas*...

– Ah, foi? Então não precisa mais ler o livro inteiro.

– Preciso, sim... Perdi o resumo.

– Perdeu?

O garoto fez uma careta sem jeito. Perdeu ou jogou fora? Dava na mesma agora.

– Sim, você perdeu o resumo. Só por isso precisa ler o livro todo?

Túlio ficou um instante em silêncio, como se estivesse buscando o que queria dizer.

– Não... – falou, enfim. – Sabe, eu percebi que muita gente da minha turma... igual ao que eu fazia também... nunca leu um livro inteiro. Só resumos. Daí, eu queria saber... se consigo ler um livro inteiro. O senhor me entende?

Seu Quincas balançou a cabeça, assentindo.

– Meus amigos estranham quando eu falo isso... Aliás – emendou-se Túlio –, eu nem falo disso com eles porque... porque eles iam estranhar tanto que eu... Ah, pra que arranjar briga à toa, né?

– Dou razão a você, Túlio. Se é à toa... pra que brigar?

E o garoto ficou olhando para seu Quincas, parado. Estava contente por ter encontrado as palavras para dizer o que estava sentindo. Deu um "tchau" para o velho e dessa vez foi mesmo embora.

Chegou em casa, jantou, foi para o seu quarto, e logo chegava a um trecho do livro que chamou muito a sua atenção. Túlio o releu algumas vezes. Lá no meio do festival de mau-caratismo de Brás Cubas, numa reflexão sobre a existência, o defunto autor escreveu:

> *(...) o homem é (...) uma errata pensante (...) Cada estação da vida é uma edição, que corrige a anterior, e que será corrigida também, até a edição definitiva, que o editor dá de graça aos vermes.*

"Tem tudo a ver com a vida do seu Quincas", Túlio pensou. "Tem tudo a ver com conseguir ser mais do que marca e embalagem!"

A sacação lhe fez bem. Deixou-o orgulhoso de si mesmo. E nem precisava perguntar a ninguém, confirmar com ninguém. Era tão o que ele sentia, lendo aquele trecho e lembrando o que o coveiro leitor lhe contara, que, para Túlio, ficaria muito bem, pensou ele, se somente ele visse a coisa assim. Dessa vez não pensou em anotar, nem em usar na prova. Estava dentro dele, pronto.

"É como o voo do hipopótamo. Tá, na história o bicho galopa. Mas, para mim, ele voa. Dane-se a Virgília! Se eu montasse num hipopótamo, ia querer sair era voando, ia ser muito mais legal, o máximo, aí é que era delírio mesmo e... Epa!... Peraí!", Túlio respirou fundo, assustado só de perceber que estava viajando (e bota viagem nisso!) de olhos abertos... "É, eu ando mesmo muito esquisito..."

· 9 ·
O desdém dos finados

Num certo entardecer, depois de dois ou três dias sem botar os olhos um no outro, Túlio e Virgília se encontraram. A garota ia passando pelo portão do cemitério, a caminho de casa, e surgiu na sua frente o garoto, de repente, com uma cara de quem está crente de que vai convencê-la de que não estivera ali, fazia um tempão, de tocaia, esperando por ela. Virgília disparou:

— Cuidado, seus amigos vão ver você comigo e vão ficar falando coisas! Vai ser o fim da sua popularidade.

Túlio engasgou. Ficou de olhos arregalados para ela. Virgília virou uma fera:

— Você me acha uma imbecil, né? Ou então se acha o máximo do esperto. Pensou que eu não ia sacar o zunzunzum lá no colégio? E que você ia conseguir me enganar que não era por isso que tem me evitado?

— Mas, mas... Eu? Evitando você? Não... Imagina! — Túlio gaguejava como se um monte de pedrinhas estivesse na sua garganta.

— Vai pro inferno, Túlio! Eu só queria pegar o idiota que inventou que eu poderia querer namorar você. Matava ele! Nunca! Até parece!

Foi a vez de Túlio ficar irritado:

– Olha aqui, a idiotice desse tal idiota foi inventar que *eu* ia querer namorar você quando tem garota *assim* – e Túlio acompanhou a frase com um gesto, unindo os dedos repetidamente – a fim de mim! E é *cada* garota!

– Todas elas loirinhas e de cabelo escorrido, aposto!

– E daí? Tá com inveja?

– Aposto também que todas elas deixam o celular ligado dentro do cinema, já com o filme rolando.

E foi nessa troca de gentilezas que entraram na casa do seu Quincas. Sentaram-se os dois, emburrados, lado a lado, mas sem se fitarem. Seu Quincas se deu um minuto para ficar passando o olhar de um para o outro, com uma expressão zombeteira no rosto. Então, começou a falar da entrada de Brás Cubas "na idade dos amores".

– Lembrem sempre, vocês dois – disse seu Quincas –, com a pena da galhofa e a tinta da melancolia. Acho que é o melhor jeito de ler este livro.

– Mas, aqui, o que é que tem a ver? – perguntou Virgília.

– Bem, vamos ao início desse amor do Brás Cubas pela Marcela.

Tinha dezessete anos; pungia-me um buçozinho que eu forcejava por trazer a bigode (...).

Sim, eu era esse garção bonito, airoso, abastado; e facilmente se imagina que mais de uma dama inclinou diante de mim a fronte pensativa, ou levantou para mim os olhos cobiçosos. De todas porém a que me cativou logo foi uma... uma... não sei se diga; este livro é casto, ao menos na intenção; na intenção é castíssimo. Mas vá lá; ou se há de dizer tudo ou nada. A que me ca-

tivou foi uma dama espanhola, Marcela, a "linda Marcela", como lhe chamavam os rapazes do tempo.

– Marcela é uma prostituta – disse sem rodeios seu Quincas. – Uma prostituta elegante, uma cortesã. Os rapazes ricos procuravam essas moças para viverem a sensação de uma conquista.

– Homem é bobo mesmo! – grunhiu Virgília, mas Túlio, embora se sentisse atingido em cheio na testa, se segurou, nem sequer olhou para ela. – Olha só o "teatrinho" do tal primeiro beijo do Brás Cubas:

(...) perguntou-me meu tio, em segredo, se queria ir a uma ceia de moças, nos Cajueiros. Fomos; era em casa de Marcela (...) Que gentil que estava a espanhola! Havia mais uma meia dúzia de mulheres (...) bonitas, cheias de graça, mas a espanhola... O entusiasmo, alguns goles de vinho, o gênio imperioso, estouvado, tudo isso me levou a fazer uma coisa única; à saída, à porta da rua, disse a meu tio que esperasse um instante, e tornei a subir as escadas.

– Esqueceu alguma coisa? perguntou Marcela de pé no patamar.

– O lenço.

Ela ia abrir-me caminho para tornar à sala; eu segurei-lhe nas mãos, puxei para mim, e dei-lhe um beijo. Não sei se ela disse alguma coisa, se gritou, se chamou alguém; não sei nada; sei que desci outra vez as escadas, veloz como um tufão, e incerto como um ébrio.

– O "teatrinho" não é dele, Virgília – observou seu Quincas. – É da época! Talvez não fosse preciso *roubar* um beijo da espanhola. Era necessário apenas pagar o preço, mas aí não se encaixaria no romantismo da época. A essa altura, Dumas Filho já havia escrito *A dama das Camélias*, e José de Alencar, seu *Lucíola*. Em ambos os livros, a cortesã se apaixona verdadeiramente pelo rapaz, e em ambos tudo termina em tragédia. Esses romances criaram toda uma aura em torno das cortesãs. De romantismo e aventura. De perigo. Os jovens abastados da época queriam era isso, e pagavam caro às mulheres que faziam bem esse papel de heroína romântica. Como mesmo é que termina a "grande paixão" de Marcela e Brás Cubas?

... Marcela amou-me durante quinze meses e onze contos de réis; nada menos.

– Ele diz que Marcela o amou – observou Virgília –, mas fala quanto custou esse tal amor. É como se Machado de Assis estivesse zombando do romantismo todo.

– E o pior é que o pai meteu o cara num navio para a Europa, para acabar com o namoro dos dois – interveio Túlio –, e ele aceitou sem nem espernear! Ele não devia se atirar no mar? No mínimo para voltar a nado, né...?

– Ou morrer de desgosto, ou se suicidar, mas não chega nem perto disso! – concordou seu Quincas. – Brás Cubas não tem a estatura moral para levar a vida a extremos. Bem que ele gostaria de ser visto como um herói romântico, daqueles que fazem as pessoas chorar. Chorar às vezes faz bem... – Virgília deu de ombros e baixou os olhos. Mas deu tanta bandeira que Túlio ficou cismado. Seu Quincas prosseguiu: – Só que essas histórias que tocam lá no fundo da gente precisam de alguém que se entregue, que aposte a própria vida...

– ... E não de um banana como o Brás Cubas – fechou Túlio.

E foi assim que desembarquei em Lisboa e segui para Coimbra. A Universidade esperava-me com as suas matérias árduas; estudei-as muito mediocremente, e nem por isso perdi o grau de bacharel (...) Tinha eu conquistado em Coimbra uma grande nomeada de folião; era um acadêmico estroina, superficial, tumultuário e petulante, dado às aventuras, fazendo romantismo prático e liberalismo teórico (...) No dia em que a Universidade me atestou, em pergaminho, uma ciência que eu estava longe de trazer arraigada no cérebro, confesso que me achei de algum modo logrado, ainda que orgulhoso. Explico-me: o diploma era uma carta de alforria; se me dava a liberdade, dava-me a responsabilidade. Guardei-o, deixei as margens do Mondego, e vim por ali fora assaz desconsolado, mas sentindo já uns ímpetos, uma curiosidade, um desejo de acotovelar os outros, de influir, de gozar, de viver, – de prolongar a Universidade pela vida adiante...

– Esse cara não muda – riu Túlio. – O que está por dentro não importa nada para ele.

– Só que nem sempre na vida a gente pode escapar de ir mais fundo. Bem que o Brás Cubas queria ficar vagabundeando na Europa, mas...

Nesse momento, seu Quincas estava justamente se referindo à carta do pai de Brás Cubas, chamando-o de volta ao Brasil:

"Vem, dizia ele na última carta; se não vieres depressa, acharás tua mãe morta!" Esta última palavra foi para mim um golpe. (...)

Vim. Não nego que, ao avistar a cidade natal, tive uma sensação nova. (...)

(...) Meu pai abraçou-me com lágrimas. – Tua mãe não pode viver, disse-me. Com efeito, não era já o reumatismo que a matava, era um cancro no estômago. A infeliz padecia de um modo cru, porque o cancro é indiferente às virtudes do sujeito; quando rói, rói; roer é o seu ofício. (...)

– Meu filho!

A dor suspendeu por um pouco as tenazes; um sorriso alumiou o rosto da enferma, sobre o qual a morte batia a asa eterna. Era menos um rosto do que uma caveira: a beleza passara, como um dia brilhante; restavam os ossos, que não emagrecem nunca. Mal poderia conhecê-la; havia oito ou nove anos que nos não víamos. Ajoelhado, ao pé da cama, com as mãos dela entre as minhas, fiquei mudo e quieto, sem ousar falar, porque cada palavra seria um soluço, e nós temíamos avisá-la do fim. Vão temor! Ela sabia que estava prestes a acabar; disse-mo; verificamo-lo na seguinte manhã.

Longa foi a agonia, longa e cruel, de uma crueldade minuciosa, fria, repisada, que me encheu de dor e estupefação. (...) Quê? uma criatura tão dócil, tão meiga, tão santa, que nunca jamais fizera verter uma lágrima de desgosto, mãe carinhosa, esposa imaculada, era força que morresse assim, trateada, mordida pelo dente tenaz de uma doença sem misericórdia? Confesso que tudo aquilo me pareceu obscuro, incongruente, insano...

– Puxa... – disse Virgília, tomando fôlego (e Túlio quase ia jurando que na hora viu aqueles olhos dela, aquelas adagas negras, meio úmidos). – Dessa vez ele sofreu de verdade. Sem desconto, né?

– Sofreu, sim, Virgília – confirmou seu Quincas, sem se surpreender tanto quanto Túlio de ver a garota comovida. – Por que a estranheza? Você exagera nesses seus julgamentos. O Brás Cubas não é nem muito pior nem muito melhor do que outros rapazes como ele, criados com muito dinheiro e pretensões de grandeza maiores ainda. Veja só a maior preocupação do pai, o conselho que ele lhe dá:

(...) não te deixes ficar aí inútil, obscuro, e triste; não gastei dinheiro, cuidados, empenhos, para te não ver brilhar, como deves, e te convém, e a todos nós; é preciso continuar o nosso nome, continuá-lo e ilustrá-lo ainda mais. Olha, estou com sessenta anos, mas se fosse necessário começar a vida nova, começava, sem hesitar um só minuto. Teme a obscuridade, Brás; foge do que é ínfimo. Olha que os homens valem por diferentes modos, e que o mais seguro de todos é valer pela opinião dos outros homens. Não estragues as vantagens da tua posição, os teus meios...

– Mas, como assim, continuar o nome? – protestou Túlio. – O próprio pai dele inventou toda uma história para dizer que Cubas era nome de família importante.

– Vai ver nessa altura já tinha se esquecido disso – marcou em cima Virgília.

– Mas vocês perceberam bem o que ele disse? – ressaltou seu Quincas. – Que os homens valem mesmo é pela opinião dos outros homens? Tudo é aparência!

– Marca e embalagem! – murmurou Túlio, pensativo.

(...) era eu, nesse tempo, um fiel compêndio de trivialidade e presunção. Jamais o problema da vida e da morte me oprimira o cérebro; nunca até esse dia me debruçara sobre o abismo do Inexplicável; faltava-me o essencial, que é o estímulo, a vertigem...

Para lhes dizer a verdade toda, eu refletia as opiniões de um cabeleireiro, que achei em Módena, e que se distinguia por não as ter absolutamente. Era a flor dos cabeleireiros; por mais demorada que fosse a operação do toucado, não enfadava nunca; ele intercalava as penteadelas com muitos motes e pulhas, cheios de um pico, de um sabor... Não tinha outra filosofia. Nem eu. Não digo que a Universidade me não tivesse ensinado alguma; mas eu decorei-lhe só as fórmulas, o vocabulário, o esqueleto. Tratei-a como tratei o latim: embolsei três versos de Virgílio, dois de Horácio, uma dúzia de locuções morais e políticas, para as despesas da conversação. Tratei-os como tratei a história e a jurisprudência. Colhi de todas as coisas a fraseologia, a casca, a ornamentação...

Talvez espante ao leitor a franqueza com que lhe exponho e realço a minha mediocridade; advirta que a franqueza é a primeira virtude de um defunto. Na vida, o olhar da opinião, o contraste dos interesses, a luta das cobiças obrigam a gente a calar os trapos velhos, a disfarçar os rasgões e os remendos, a não estender ao mundo as revelações que faz à consciência; e o melhor da obrigação é quando, à força de embaçar os outros, embaça-se um homem a si mesmo, porque em tal caso poupa-se o vexame, que é uma sensação penosa, e a hipocrisia, que é um vício hediondo. Mas, na morte, que diferença! que desabafo! que liberdade! Como a gente pode sacudir fora a capa, deitar ao fosso as lentejoulas, despregar-se, despintar-se, desafeitar-se, confessar lisamente o que foi e o que deixou de ser! Porque, em suma, já não há vizinhos, nem amigos, nem inimigos, nem conhecidos, nem estranhos; não há plateia. O olhar da opinião, esse olhar agudo e judicial, perde a virtude, logo que pisamos o território da morte; não digo que ele se não estenda para cá, e nos não examine e julgue; mas a nós é que não se nos dá do exame nem do julgamento. Senhores vivos, não há nada tão incomensurável como o desdém dos finados.

– Eu acabei de entender uma coisa – disse Virgília, animada. – O que o Machado de Assis fez, pondo o sujeito para falar à vontade, nessa posição de defunto, foi uma tremenda armadilha contra o Brás Cubas.

– É, foi como dar corda para o cara se enforcar sozinho – acompanhou Túlio.

Seu Quincas soltou uma risadinha:

– Sabe o que está acontecendo com vocês? – provocou. Túlio e Virgília ficaram na expectativa. – Estão começando a compreender por que Machado é chamado de Bruxo. E acho até que estão gostando da brincadeira.

· 10 ·
Amores no trapézio

Não tinha sido um bom dia para Virgília no colégio.

Na carteira onde sempre se sentava, no fundo da sala de aula, encontrou grafitado um morcego com os caninos bem proeminentes. Assim que ela viu e, mais ainda, no que percebeu o rabo do olho do Bronquinha cravado nela, como se esperando a reação, foi até o garoto e disse:

— E se eu morder a sua jugular, você vai fazer o quê?

— Como é que é, menina? — assustou-se Bronquinha.

Pelo sim, pelo não, ele se levantou e saiu da sala, como quem aproveita que o professor ainda não chegou para dar um pulo rápido no banheiro. Na saída da sala, esbarrou com Túlio.

— Essa sua namorada nova é pirada, sabia? — reclamou.

Túlio ficou olhando para ele sem entender. Entrou na sala e deu direto com Virgília, que vociferou:

— Esses seus amigos são o fim, sabia?

O garoto entendeu menos ainda, e Virgília não quis saber de explicar.

Nos intervalos entre as aulas, cochichos, um ou outro apontando, e uma voz boba, de algum esconderijo, zoando trêmula e assombradoramente:

– *Vaaampiiiraaaa!*

À noite, Virgília se pôs a ler os capítulos que contavam do rápido namoro de Brás Cubas com Eugênia, filha de uma amiga de família.

A essa mesma hora, um certo garoto, embora assistindo a uma disputada partida de vôlei pela tevê, fechado em seu quarto, sem se dar conta do que estava acontecendo, não conseguia parar de resmungar, grunhir e bufar a todo instante, queixando-se de que "a Vampira" teimava em invadir seus pensamentos e não o deixava se concentrar no jogo.

De fato, uma noite meio de "bruxarias", porque Virgília buscava toda e qualquer razão para ficar com raiva da metade masculina da espécie humana e, em particular, do garoto acima citado.

E como quem procura geralmente acha, justamente nessa noite, por conta do procedimento de Brás Cubas com Eugênia, ela encontraria motivos de sobra para essas e muitas outras raivas:

> *(...) Depressa nos familiarizamos; a mãe fazia-lhe grandes elogios, eu escutava-os de boa sombra, e ela sorria, com os olhos fúlgidos (...)*
>
> *– Agora vou mostrar-lhe a chácara, disse a mãe, logo que esgotamos o último gole de café.*
>
> *Saímos à varanda, dali à chácara, e foi então que notei uma circunstância. Eugênia coxeava um pouco, tão pouco, que eu cheguei a perguntar-lhe se machucara o pé. A mãe calou-se; a filha respondeu sem titubear:*
>
> *– Não, senhor, sou coxa de nascença.*

"Boba!", lamentou Virgília. "Uma menina pobre, que o pai pôs na vida e não reconheceu como filha... Ah, duvido que um cara ambicioso como esse Brás Cubas queira uma esposa assim. Ele deve estar procurando o tal bom partido... Você não leva a menor chance, menina. Ele é um horror, não vale a pena! Sai dessa, antes que se machuque feio!" E apertou tanto os dedos que a capa do livro, já antigo, um daqueles da estante do avô, chegou a estalar. A menina estreitou os olhos, mais negros e fumegantes do que de hábito, ao ler os comentários de Brás Cubas sobre a moça:

O pior é que era coxa. Uns olhos tão lúcidos, uma boca tão fresca, uma compostura tão senhoril; e coxa! Esse contraste faria suspeitar que a natureza é às vezes um imenso escárnio. Por que bonita, se coxa? por que coxa, se bonita? Tal era a pergunta que eu vinha fazendo a mim mesmo ao voltar para casa, de noite, e não atinava com a solução do enigma. (...)

– O senhor desce amanhã? disse-me ela no sábado.

– Pretendo.

– Não desça.

Não desci, e acrescentei um versículo ao Evangelho: – Bem-aventurados os que não descem, porque deles é o primeiro beijo das moças. Com efeito, foi no domingo esse primeiro beijo de Eugênia, – o primeiro que nenhum outro varão jamais lhe tomara, e não furtado ou arrebatado, mas candidamente entregue, como um devedor honesto paga uma dívida. Pobre Eugênia! Se tu soubesses que ideias me vagavam pela mente fora naquela ocasião! Tu, trêmula de comoção, com os braços nos meus ombros, a contemplar em mim o teu bem-vindo esposo (...)

E foi então que a raiva de Virgília teve de dar uma trégua, forçada por um susto:

Há aí, entre as cinco ou dez pessoas que me leem, há aí uma alma sensível, que está decerto um tanto agastada com o capítulo anterior, começa a tremer pela sorte de Eugênia,

"Epa! O Brás Cubas está falando comigo? Lá do Outro Mundo?"

e talvez... sim, talvez, lá no fundo de si mesma, me chame cínico. Eu cínico, alma sensível? Pela coxa de Diana! Esta injúria merecia ser lavada com sangue, se o sangue lavasse alguma coisa nesse mundo. Não, alma sensível, eu não sou cínico, eu fui homem (...)

"Desculpa de cafajeste! O Túlio deve usar essa toda hora!", Virgília pensou. Entretanto, ficou furiosa consigo mesma ao perceber que trouxera "o Popular" para seu pensamento. Retornou direto à leitura:

Ora aconteceu, que, oito dias depois (...) ouvi uma voz misteriosa, que me sussurrou as palavras da Escritura (Act., IX, 7): "Levanta-te, e entra na cidade". Essa voz saía de mim mesmo, e tinha duas origens: a piedade, que me desarmava ante a candura da pequena, e o terror de vir a amar deveras, e desposá-la. Uma mulher coxa! Quanto a este motivo da minha descida, não há duvidar que ela o achou e mo disse. Foi na varanda, na tarde de uma segunda-feira, ao anunciar-lhe que na seguinte manhã viria para baixo. – Adeus, suspirou ela es-

tendendo-me a mão com simplicidade; faz bem. – E como eu nada dissesse, continuou: – Faz bem em fugir ao ridículo de casar comigo. Ia dizer-lhe que não; ela retirou-se lentamente, engolindo as lágrimas. (...)

"Você nem imagina o quanto esse cara é cretino, menina", pensou Virgília, espumando de tão furiosa. "Bem nesse momento, lá embaixo, na cidade, o pai de Brás Cubas está arrumando um casamento para ele, que vai ajudar o filhozinho a entrar com força na política. E esse Brás, minha amiga Eugênia, por quem você está tão apaixonada, já tinha até aceitado o arranjo, só que havia esquecido disso, quando se entusiasmou por você."

(...) Desci da Tijuca, na manhã seguinte, um pouco amargurado, outro pouco satisfeito. Vinha dizendo a mim mesmo que era justo obedecer a meu pai, que era conveniente abraçar a carreira política... que a constituição... que a minha noiva... que o meu cavalo...

"Droga", resmungou Virgília. "E logo o nome dessa tal noiva que foram dar para mim!"

Virgília? Mas então era a mesma senhora que alguns anos depois...? A mesma; era justamente a senhora que em 1869 devia assistir aos meus últimos dias, e que antes, muito antes, teve larga parte nas minhas mais íntimas sensações. Naquele tempo contava apenas uns quinze ou dezesseis anos; era talvez a mais atrevida criatura da nossa raça, e, com certeza, a mais voluntariosa. Não digo que já lhe coubesse a primazia da beleza, entre as mocinhas do tempo, porque isto não é romance, em que o autor sobredoura a realidade e

*fecha os olhos às sardas e espinhas; mas também não digo
que lhe maculasse o rosto nenhuma sarda ou espinha, não.
Era bonita, fresca, saía das mãos da natureza, cheia daquele feitiço, precário e eterno, que o indivíduo passa a outro indivíduo, para os fins secretos da criação. Era isto Virgília, e
era clara, muito clara, faceira, ignorante, pueril, cheia de
uns ímpetos misteriosos; muita preguiça e alguma devoção, –
devoção, ou talvez medo; creio que medo.*

*Aí tem o leitor, em poucas linhas, o retrato físico e moral
da pessoa que devia influir mais tarde na minha vida (...)*

"Tá crente que vai se dar bem, né?", atacou a Virgília do
lado de cá da história. "Tomara que você se ferre! E a Virgília
não tem esse nome à toa. Não é nenhuma boba. Vai sacar que
você é só papo e mais nada, você vai ver!"

E, com efeito:

*Então apareceu o Lobo Neves, um homem que não era
mais esbelto que eu, nem mais elegante, nem mais lido, nem
mais simpático, e todavia foi quem me arrebatou Virgília e a
candidatura, dentro de poucas semanas, com um ímpeto
verdadeiramente cesariano. Não precedeu nenhum despeito;
não houve a menor violência de família. Dutra veio dizer-
me, um dia, que esperasse outra aragem, porque a candidatura de Lobo Neves era apoiada por grandes influências.
Cedi; tal foi o começo da minha derrota. Uma semana depois, Virgília perguntou ao Lobo Neves, a sorrir, quando seria
ele ministro.*

– Pela minha vontade, já; pela dos outros, daqui a um ano.

Virgília replicou:

– Promete que algum dia me fará baronesa?

– Marquesa, porque eu serei marquês.

Desde então fiquei perdido. Virgília comparou a águia e o pavão, e elegeu a águia, deixando o pavão com o seu espanto, o seu despeito, e três ou quatro beijos que lhe dera. Talvez cinco beijos; mas dez que fossem não queria dizer coisa nenhuma. (...)

Meu pai ficou atônito com o desenlace, e quer-me parecer que não morreu de outra coisa. Eram tantos os castelos que engenhara, tantos e tantíssimos os sonhos, que não podia vê-los assim esboroados, sem padecer um forte abalo no organismo. A princípio não quis crê-lo. Um Cubas! um galho da árvore ilustre dos Cubas! E dizia isto com tal convicção, que eu, já então informado da nossa tanoaria, esqueci um instante a volúvel dama, para só contemplar aquele fenômeno, não raro, mas curioso: uma imaginação graduada em consciência.

– Um Cubas! repetia-me ele na seguinte manhã, ao almoço. (...)

(...) Morreu daí a quatro meses, – acabrunhado, triste (...) a tristeza de morrer sem me ver posto em algum lugar alto, como aliás me cabia.

– Um Cubas!

"De novo essa história do nome Cubas! Coitado do velho", lamentou sinceramente Virgília.

Depois hesitou: "Mas não foi ele mesmo que inventou essa história de ter nome de família importante? Então vai ver que, no esforço de convencer aos outros, convenceu a si mesmo; um grande pirado, isso sim!".

E, no entanto, o último pensamento da garota foi repetir: "Coitado do velho!".

No seu quarto, Túlio continuava assistindo ao vôlei, mas tão desatento que já nem sabia mais quem estava vencendo a partida.

• 11 •
Outra de menos

Era um final de tarde abafado, desses em que o céu parece cheio de chumbo, ameaçando desabar. Túlio encontrou seu Quincas na porta de casa, o olhar perdido. O garoto teve a impressão de que uma pincelada de tristeza dava o tom da expressão no rosto do velho. E teve quase certeza de que, quando seu Quincas, afinal, o percebeu chegando, já a poucos metros dele, apressou-se a enxugar os olhos, disfarçando.

De além do muro que separava o jardim da casa e o cemitério, Túlio escutou um violino tocando, e reconheceu o trecho da música: "Eu vou ficar.../ Ficar com certeza/ Maluco Beleza.../ Eu vou ficar...".

"Mas por que será que essa garota cisma de praticar violino no cemitério?", pensou Túlio, contrariado. "Será que ela não sabe que... *ninguém* faz isso?"

Logo a garota chegava. Mal falou com Túlio, que ficou bastante sentido com isso. Virgília, sem querer dar tempo para conversa, entrou direto no trecho do livro que lera naquela tarde:

– Cheguei numa parte do livro que é um prato cheio para aqueles sujeitos que estranhavam o *Memórias póstumas*. Tem um bocado de esquisitices. Começa com Brás

Cubas recebendo a notícia de que a tal da Virgília, já casada, está de volta à cidade. Daí eles se encontram num baile, dançam, dançam, trocam uns apertos de mão mais apertados. E com as mãos calçando luvas, porque naquele tempo parece que não podia ser mais do que isso. O Brás Cubas sai do baile imaginando que a Virgília já é dele, que está no papo. E, no capítulo seguinte...

CAPÍTULO 53
....

– Olha só que máximo – acentuou Virgília. – Esse capítulo nem título tem. Todos os outros têm título. Nesse, só uns pontinhos.
– É que, se fosse para ter título, ia ser meio indecente para a época – observou seu Quincas. – Afinal, a senhora é casada!

Virgília é que já se não lembrava da meia dobra; toda ela estava concentrada em mim, nos meus olhos, na minha vida, no meu pensamento; – era o que dizia, e era verdade.

Há umas plantas que nascem e crescem depressa; outras são tardias e pecas. O nosso amor era daquelas; brotou com tal ímpeto e tanta seiva, que, dentro em pouco, era a mais vasta, folhuda e exuberante criatura dos bosques. Não lhes poderei dizer, ao certo, os dias que durou esse crescimento. Lembra-me, sim, que, em certa noite, abotoou-se a flor, ou o beijo, se assim lhe quiserem chamar, um beijo que ela me deu, trêmula, – coitadinha, – trêmula de medo, porque era ao portão da chácara. Uniu-nos esse beijo único, – breve como a ocasião, ardente como o amor, prólogo de uma vida de delícias,

de terrores, de remorsos, de prazeres que rematavam
em dor, de aflições que desabrochavam em alegria (...)

– Ué! Vai dizer que nunca ninguém tinha escrito uma história em que a mulher trai o marido? – perguntou Túlio.

– Claro – respondeu seu Quincas. – Mas aí ela era castigada. Havia aquelas que cometiam adultério e acabavam infelizes, destruídas, ou mesmo se suicidavam, ou morriam de alguma enfermidade misteriosa. Eram punidas ou pela própria culpa ou pelo destino. Em *Memórias póstumas*, eu já disse, a tragédia é mais sutil. Talvez fique apenas naquela cena do enterro do Brás Cubas, em que Virgília repete para si mesma: "Morto, morto!". Lembra-se? Era como se ela tentasse se convencer de que, agora, não havia mais jeito, e que eles, se haviam se amado, de certo modo desperdiçaram a chance da felicidade de viverem juntos. E, veja, nós já conhecemos o desfecho do caso deles, já assistimos ao fim da história de Brás Cubas e Virgília. Sabendo como vai ser triste o final, vemos aqui o começo tratado com uma galhofa. Muito, muito original para a literatura de até então!

CAPÍTULO 55
O VELHO DIÁLOGO DE ADÃO E EVA
Brás Cubas
........?
Virgília
....

Brás Cubas
....

....
Virgília
..............!

Brás Cubas

....

Virgília

....

...................................? ....

....

Brás Cubas

....

Virgília

....

Brás Cubas

....

....

....! ....

.....! ....

....!

Virgília

..................................?

Brás Cubas

...................!

Virgília

...................!

— Dá para imaginar os críticos da época torcendo o nariz diante de um *diálogo* como esse? Ainda mais debochando de episódio bíblico? Eu fico só pensando nisso... – riu seu Quincas.

— O que eu entendi foi que eles tavam se arrumando – disse Túlio.

— Óbvio – desdenhou Virgília. – Todo mundo entende isso, né?

Túlio lançou a ela um olhar injuriado:

– Todo mundo, e eu também entendi, espertinha. E achei legal. Até meio *sexy*!

– Que nada! Você estranhou!

– Só um pouco!

– Porque é diferente.

– Diferente, mas faz sentido – disparou Túlio, a voz bem alterada. – Dá pra entender. Tem gente que faz coisa diferente e ninguém entende por quê! Parece que é só para ser diferente! Para se mostrar! Ou pra agredir!

– Como quem, por exemplo? – desafiou Virgília.

– Mas do que é que vocês estão falando mesmo? – interrompeu seu Quincas, irônico.

Túlio e Virgília calaram-se, embaraçados. Seu Quincas logo retomou:

– Percebam como seria delicado, perigoso e mesmo ofensivo, ainda mais em relação ao público feminino, escrever sem disfarces um diálogo desses. Imaginem tudo o que um disse ali para o outro, e que fica ressoando na nossa cabeça, até porque as falas não aparecem. Alguns críticos não entenderam que, com essa maneira elegante e debochada, Machado de Assis escreveu tudo o que tinha de escrever, sem constranger seus leitores. Sabe que houve gente na época que declarou que as lacunas que ele deixava no texto eram reflexo de sua gagueira?

– Machado era gago? – quis saber Virgília.

– Era. Gago, epilético, nasceu muito pobre, era mulato. Teve de lutar contra preconceitos e dificuldades, mas, graças ao seu esforço e à sua capacidade, conseguiu ainda em vida ser reconhecido como o melhor escritor de seu tempo. Era admirado, tinha um público fiel, era reverenciado por outros escritores. E tanto que foi um dos fundadores e o primeiro presidente da Academia Brasileira de Letras.

– Gozado – murmurou Túlio –, é como se esse tal do Brás Cubas fosse o oposto do Machado. Ele teve tudo de bandeja, tudo na mão.

– Pois é – concordou seu Quincas. – A gente é que estraga o que tem na vida. – E o velho sorriu, um sorriso triste. – Sabe – prosseguiu –, a gente passou, sem se deter, por um trecho que me toca à beça. Que... me horroriza! O do velho diabo com a pêndula, quando o Brás Cubas fala de um pesadelo que ele tem... acordado!

(...) Usualmente, quando eu perdia o sono, o bater da pêndula fazia-me muito mal; esse tique-taque soturno, vagaroso e seco, parecia dizer a cada golpe que eu ia ter um instante menos de vida. Imaginava então um velho diabo, sentado entre dois sacos, o da vida e da morte, a tirar as moedas da vida para dá-las à morte, e a contá-las assim:

– Outra de menos...

– Outra de menos...

– Outra de menos...

– Outra de menos...

O mais singular é que, se o relógio parava, eu dava-lhe corda, para que ele não deixasse de bater nunca, e eu pudesse contar todos os meus instantes perdidos. Invenções há, que se transformam ou acabam; as mesmas instituições morrem; o relógio é definitivo e perpétuo. O derradeiro homem, ao despedir-se do sol frio e gasto, há de ter um relógio na algibeira, para saber a hora exata em que morre.

– Brrr! – arrepiou-se Túlio. – Esse diabo é pior do que alma penada!

– Outra de menos... outra de menos... – foi repetindo baixinho o velho Quincas, quase para si mesmo. Depois, voltando-se para os dois, falou: – Às vezes, eu também escuto esse velho diabo, e me lembro de que perdi muita, muita coisa pelas besteiras que fiz. Bem, temos de pensar no presente, não é? Em não ficar acumulando "outra de menos".

Túlio e Virgília cravaram os olhos no velho, e de repente um olhou para o outro.

– Vamos parar por hoje. Preciso andar por aí, pensar um pouco. Aliás, vocês também. Essa briga eterna de vocês está parecendo cada vez mais *outra coisa* – disse seu Quincas, enfatizando a última frase.

– Vovô! – vociferou Virgília, indignada.

E Túlio escafedeu-se dali sem se atrever a levantar a cara do chão. Mas ele foi para casa com a cabeça zumbindo.

Virgília recolheu-se igualmente abalada. Ambos ainda brigando, em pensamento, um com o outro. Dizendo ao outro coisas e mais coisas.

Se naquela noite seus sonhos foram visitados por um velho diabo, que entoava junto com o pêndulo do relógio a lúgubre ladainha, "outra de menos, outra de menos...", roubando o tempo das vítimas que assombrava, isso não saberiam dizer.

E também não pararam para pensar se foi nos seus sonhos que os desaforos que queriam dizer um para o outro e a briga que iam tendo, sem parecer querer ter fim, transformaram-se em *outra coisa*.

Outra coisa que não era *de menos*.

Sabiam, no instante em que despertaram, é que o que iriam fazer já estava quase decidido.

Não iam dizer o que era em voz alta, não iam abrir o jogo nem diante do espelho, mas foi pular da cama e tomar o café que se vestiram a toda, quase num só fôlego.

Virgília saiu mais do que apressada, olhou para um lado e para o outro, na porta de casa, meio desapontada, meio sem querer reconhecer que esperava encontrar alguém ali, aguardando por ela. E também disse a si mesma que foi por preguiça e não por pressa que resolveu tomar um ônibus para o colégio, em vez de ir a pé como de hábito.

Por sua vez, Túlio ficou se arrumando, ensaiando as coisas que queria dizer, sem aceitar que era isso o que estava fazendo (e sem saber ainda que não ia usar para nada o seu ensaio). Saiu uns minutos depois, já zunindo em sua bicicleta, pedalou o mais que pôde, cortando caminho pelos terrenos baldios e trilhas no mato, e chegou ao colégio sem fôlego e todo suado.

O garoto passou direto pela turma, incluindo o Bronquinha e a Vanessa, que arregalaram os olhos espantados quando perceberam a direção em que ele ia. Ou melhor, na direção de *quem* ele estava indo. Virgília se virou antes de ele a tocar no ombro, chamando por ela, e se virou sem se surpreender de vê-lo ali, junto dela.

Quem puxou quem, nenhum dos dois jamais iria saber.

O beijo foi tipo escandaloso.

· 12 ·
Vontade do céu

Corria a lenda de que o cemitério da cidade era muito, muito antigo.

A maioria do terreno era ocupada por sepulturas simples, às vezes uma lápide de pedra cinzenta, ou no máximo uma laje, cobrindo o sepulcro baixo. Havia um ou outro túmulo maior, ornamentado com esculturas, a maioria anjos. Havia anjos com espadas em riste, defendendo seus protegidos contra o Mal; anjos de asas abertas e mãos elevadas, como se estivessem a se alçar para os céus, e havia também anjos músicos, com harpas, flautas, tambores e, naturalmente, violinos.

"Já sei", pensou Túlio, estremecendo. "Quando aqueles assovios chegam lá na minha janela, na certa vêm daqui! E eu querendo acreditar que era só o vento!"

– Eles são meio que minha banda – disse Virgília, rindo. E foi então que Túlio descobriu que ela às vezes tinha um jeito tímido de sorrir. – Mas é aqui também que eu venho de vez em quando ler o *Memórias póstumas*. Acho que tem a ver.

Já Túlio não conseguia acreditar que o primeiro passeio que dava com sua nova namorada era pelo cemitério. Nunca havia entrado ali, não até tão para dentro. De dia e tão de perto, ainda mais conduzido por uma "quase moradora" do lugar, até que não havia nada tão assustador. Talvez tivesse algum pesadelo, no qual as tumbas se transformassem num labirinto, e alguém, ou alguma coisa, com certeza não um dos membros da banda de Virgília, o estivesse perseguindo. Talvez Brás Cubas. E alguns de seus demônios. E, é claro, seria noite.

– Mas, ler aqui por quê? Tem tanto lugar por aí e você... Quer dizer... você faz tudo diferente de todo mundo, né?

– E por que tinha de fazer igual? – respondeu Virgília, quase se irritando. Mas logo se segurou, passou os braços em volta do pescoço de Túlio e sussurrou, tão coladinha à orelha dele que lhe deu um arrepio: – É que eu só faço as coisas que tenho vontade, sem ficar pensando se é o que todo mundo faz. O mundo é tão cheio de coisas pra gente experimentar... E a gente descobre quem é quando deixa a "maluquez" vir para fora também. Senão azeda, sabia? Senão, vira... desperdício de vida. E você?

– Eu o quê?

– Que tal combinar um pouco de maluquez com a sua lucidez? Quem sabe, fazer umas tatuagens? Um dragão? Um girassol? Ou pintar o cabelo de amarelo e lilás?

– Você tá brincando, não tá? – gaguejou Túlio, rindo, entre nervoso e sem graça.

– Não tô não.

– Nem pensar!

– Mas se você já está até botando hipopótamo para voar?! Tá até entrando no delírio *brascubiano*... Daí, se abriu a porteira...!

– Que porteira que nada! – exclamou Túlio, cismado com as sacações de Virgília. Mas logo riu. Gostou que ela estivesse já aceitando seu hipopótamo batendo asinhas, e até se divertindo com isso. Só que... – Todo mundo na cidade vai pensar que eu pirei.

– E daí?

– Daí que eu não quero que achem isso. Ia me sentir mal! Não quero que saiam dizendo que eu não sou...

– Normal?

– É – respondeu, meio constrangido. – Mas aí tem também outra coisa.

– O quê?

– É que... essas coisas não têm a ver comigo, gata!

– E eu... tenho? – disparou ela.

Os dois ficaram se encarando, como se um acuando o outro. A garganta de Túlio tão seca como se o pó de algum túmulo tivesse se grudado nela por dentro. E Virgília com os olhos cintilando, cravados nele, meio umedecidos...

Foi ela que recomeçou a falar:

– Eu fui muito tempo do jeito que todo mundo queria... meu pai... minha mãe... Era mais enfeite do que filha, e achava que era feliz. Só que tudo mais ali era enfeite também. Eu é que não sabia disso. Só quando deixei de me fazer de enfeite do enfeite deles é que comecei a me curtir, a saber quem eu sou. E quem eu quero ser!

– Não tô entendendo – disse Túlio, o tom de voz preocupado.

Virgília sorriu:

– Eu vou contar.

Túlio percebeu que Virgília, à medida que falava, ia se amaciando, de um jeito que ele também nunca tinha visto – mas que, por alguma razão que ele não compreendeu direito, não chegou a surpreendê-lo. Era como se algo, uma intuição, o fizesse reconhecer aquele jeito dela. E abraçou aquela garota, aquela garota que continuava achando tão diferente de todas as outras garotas que conhecera. Tão estranha... tão linda e estranha.

– Meus pais se separaram e eu não quis ficar com nenhum dos dois – contou Virgília; e se uma ou outra lágrima escapava do canto dos seus olhos, ela agora não se importava com isso. Nem por estar chorando na frente de Túlio. – Foi uma brigalhada só, tudo virou disputa entre eles, o apartamento, o carro, eu... Só que chegou uma hora em que eu não aguentava mais. Não queria mais ficar sendo usada para um magoar o outro. Indo de um para o outro que nem peteca... Não. Teve uma hora que não dava mais. Daí, os dois ficaram zangados comigo. Os dois reclamaram que eu os estava magoando. Mas o que eu não suportava mais era magoar a mim mesma! Então, teimei, teimei, até que tiveram de me deixar fazer o que eu queria.

– Morar com o seu avô!

– É... Meu avô é quem tem mais a ver comigo, e eu queria dar um tempo, depois do *stress* lá de casa, no ano passado. Um ano inteiro de barra-pesada!

– Mas o seu Quincas disse que as filhas dele fazem de conta que ele morreu.

– E é verdade, minha mãe e minha tia nunca falam nele. Mas eu é que descobri que ele existia.

– Soube como?

– As cartas...

– Hem? Que cartas?

– Meu avô nunca deixou de escrever cartas para as filhas. Elas nem abriam, jogavam fora. Um dia, eu era pequena ainda, encontrei uma dessas cartas antes que fosse pra lixeira. Então, li. Adorei descobrir que tinha um avô. Fiquei com raiva de quem me fez pensar que ele havia morrido. E respondi para ele, contei quem eu era. Meus pais não gostaram nada da história, mas depois disso a gente passou a se escrever. Falei com ele umas vezes pelo telefone, e ele já me levou para passear, numas férias que tirou, uns anos atrás.

Túlio ficou pensando que não sabia que coveiro tirava férias. "E se morre alguém, como é que fica? Ora! Alguém tem de dar um jeito, é assim que fica..."

– É isso, tá vendo? – disse Virgília. – Daí, tudo o que eu faço hoje é para ver quem eu quero ser. E, sabe, estou mais contente vivendo assim. Agora, você! Como é que criou coragem para começar a me namorar?

– Hem? – engasgou Túlio. Mas logo rebateu: – E você, desde quando deixou de me achar burro, idiota, tapado etc., etc.?

– Quem disse que eu não acho mais?

E ficaram nisso, se pinicando, parando de vez em quando para lerem juntos as passagens sobre o caso de Brás Cubas e a Virgília do *Memórias póstumas*:

> *Sim senhor, amávamos. Agora, que todas as leis sociais no-lo impediam, agora é que nos amávamos deveras. (...) Era a nossa sorte amar-nos; se assim não fora, como explicaríamos a valsa e o resto? Virgília pensava a mesma coisa. Um dia, depois de me confessar que tinha momentos de remorsos, como eu lhe dissesse que, se tinha remorsos, é porque me não tinha amor, Virgília cingiu-me com os seus magníficos braços, murmurando:*
>
> *– Amo-te, é a vontade do céu.*
>
> *(...)*
>
> *(...) Três semanas depois, indo à casa de Virgília, – eram quatro horas da tarde, – achei-a triste e abatida. Não me quis dizer o que era; mas, como eu instasse muito:*
>
> *– Creio que o Damião desconfia alguma coisa. Noto agora umas esquisitices nele... Não sei... Trata-me bem, não há dúvida; mas o olhar parece que não é o mesmo. Durmo mal; ainda esta noite acordei, aterrada; estava*

sonhando que ele me ia matar. Talvez seja ilusão, mas eu penso que ele desconfia...

– Damião é o marido dela, né? – perguntou Túlio.

– Esse mesmo, o Lobo Neves. Sabe, se o outro cara não fosse o Brás Cubas, eu tava torcendo para a Virgília dar um chute no marido.

– E eu – Túlio declarou, só de implicância – estou torcendo é para ela levar um chute dos dois!

– Hum!

– Hum! E outro Hum!

Tranquilizei-a como pude; disse que podiam ser cuidados políticos. Virgília concordou que seriam, mas ficou ainda muito excitada e nervosa. (...) Uma janela aberta deixava entrar o vento, que sacudia frouxamente as cortinas, e eu fiquei a olhar para as cortinas, sem as ver. Empunhara o binóculo da imaginação; lobrigava, ao longe, uma casa nossa, uma vida nossa, um mundo nosso, em que não havia Lobo Neves, nem casamento, nem moral, nem nenhum outro liame, que nos tolhesse a expansão da vontade. Esta ideia embriagou-me; eliminados assim o mundo, a moral e o marido, bastava penetrar naquela habitação dos anjos.

– Virgília, disse, eu proponho-te uma coisa.

– Que é?

– Amas-me?

– Oh! suspirou ela, cingindo-me os braços ao pescoço.

(...) perguntei-lhe se tinha coragem.

– De quê?

– De fugir. Iremos para onde nos for mais cômodo, uma casa grande ou pequena, à tua vontade, na roça

ou na cidade, ou na Europa, onde te parecer, onde ninguém nos aborreça, e não haja perigos para ti, onde vivamos um para o outro... Sim? fujamos. Tarde ou cedo, ele pode descobrir alguma coisa, e estarás perdida, porque eu o matarei, juro-te.

– Esse cara tá falando sério, não é? – quis checar Túlio. – O marido, se cismar, mata ela! Naquele tempo era assim, e ele nem ia preso nem nada?

– Preso? Nem pensar – respondeu Virgília, com uma careta. – Meu avô e eu estávamos conversando sobre isso. No máximo, o Lobo Neves resolvia o problema viajando para a Europa por dois, três anos, para que o escândalo fosse esquecido.

– Grande castigo!

(...) Virgília empalidecera muito, deixou cair os braços e sentou-se no canapé. (...)

– Não escaparíamos talvez; ele iria ter comigo e matava-me do mesmo modo.

Mostrei-lhe que não. O mundo era assaz vasto, e eu tinha os meios de viver onde quer que houvesse ar puro e muito sol; ele não chegaria até lá; só as grandes paixões são capazes de grandes ações, e ele não a amava tanto que pudesse ir buscá-la, se ela estivesse longe. Virgília fez um gesto de espanto e quase indignação; murmurou que o marido gostava muito dela.

– Pode ser, respondi eu; pode ser que sim...

(...) Justamente, nesse instante, apareceu na chácara o Lobo Neves. Não tremas assim, leitora pálida; descansa, que não hei de rubricar esta lauda com um pingo de sangue. Logo que apareceu na chácara, fiz-lhe um gesto

amigo, acompanhado de uma palavra graciosa; Virgília retirou-se apressadamente da sala, onde ele entrou daí a três minutos.

(...)

— Cansado? perguntei eu.

— Muito; aturei duas maçadas de primeira ordem, uma na câmara e outra na rua. E ainda temos terceira, acrescentou, olhando para a mulher.

— Que é? perguntou Virgília.

— Um... Adivinha!

Virgília sentara-se ao lado dele, pegou-lhe numa das mãos, compôs-lhe a gravata, e tornou a perguntar o que era.

— Nada menos que um camarote.

(...)

Virgília bateu palmas, levantou-se, deu um beijo no filho, com um ar de alegria pueril, que destoava muito da figura; depois perguntou se o camarote era de boca ou do centro, consultou o marido, em voz baixa, acerca da toilette *que faria, da ópera que se cantava e de não sei que outras coisas.*

— Essa Virgília daí também não é fácil! — acusou Túlio. — Foi só falar em sair para um programa, que ela ficou toda alegrinha.

— Ora, mulher na época tinha de se defender, sabia?

— Mas, fingindo?

— Ô, Túlio... Eu não gosto do jeito como essa Virgília age, mas... quer saber?

— O quê?

— O Brás Cubas também é um bom de um frouxo — disse Virgília, se irritando. — Se ele queria viver com ela, devia ter firmado o pé ou saído da jogada. Quem disse que o arranjo do tipo "mais ou menos" também não era o que ele queria? E se a Virgília aceita fugir com um sujeito desses? Se ele se cansa dela, dá um tempo, depois volta para casa? Mas e ela, ia voltar para que casa? O marido nunca ia aceitá-la, e ela já havia virado uma prostituta na opinião de todo mundo. Estaria acabada! Pensou nisso, cara? Com um risco desses, dá para confiar num Brás Cubas, que nunca assume direito as coisas?

> *No dia seguinte, não me pude ter; fui cedo à casa de Virgília; achei-a com os olhos vermelhos de chorar.*
> *– Que houve? perguntei.*
> *– Você não me ama, foi a sua resposta; nunca me teve a menor soma de amor. Tratou-me ontem como se me tivesse ódio. Se eu ao menos soubesse o que é que fiz! Mas não sei. Não me dirá o que foi?*
> *(...)*
> *(...) Disse-lhe (...) que eu tinha necessariamente ciúmes do outro, que nem sempre o podia suportar de cara alegre; acrescentei que talvez houvesse nele muita dissimulação, e que o melhor meio de fechar a porta aos murros e às dissensões era aceitar a minha ideia da véspera.*
> *– Pensei nisso, acudiu Virgília; uma casinha só nossa, solitária, metida num jardim, em alguma rua escondida, não é? Acho a ideia boa; mas para que fugir?*
> *Disse isto com o tom ingênuo e preguiçoso de quem não cuida em mal, e o sorriso que lhe derreava os cantos da boca trazia a mesma expressão de candidez. Então, afastando-me, respondi:*
> *– Você é que nunca me teve amor.*

— *Eu?*

— *Sim, é uma egoísta! prefere ver-me padecer todos os dias... é uma egoísta sem nome!*

Virgília desatou a chorar, e para não atrair gente, metia o lenço na boca, recalcava os soluços; explosão que me desconcertou. Se alguém a ouvisse, perdia-se tudo. Inclinei-me para ela, travei-lhe dos pulsos, sussurrei-lhe os nomes mais doces da nossa intimidade; mostrei-lhe o perigo; o terror apaziguou-a.

— *Não posso, disse ela daí a alguns instantes, não deixo meu filho; se o levar, estou certa de que ele me irá buscar ao fim do mundo. Não posso; mate-me você, se o quiser, ou deixe-me morrer... Ah! meu Deus! meu Deus!*

— *Sossegue; olhe que podem ouvi-la.*

— *Que ouçam! Não me importa.*

— Tá vendo? — disparou Virgília, alterando-se de novo. — Ele também não quer escancarar. Quer manter as aparências... Eu conheço essa jogada!

— Conhece de onde?

A garota deu de ombros, e continuaram a leitura:

Estava ainda excitada; pedi-lhe que esquecesse tudo, que me perdoasse, que eu era um doido, mas que a minha insânia provinha dela e com ela acabaria. Virgília enxugou os olhos e estendeu-me a mão. Sorrimos ambos; minutos depois, tornávamos ao assunto da casinha solitária, em alguma rua escusa...

(...) Com efeito, achei-a, dias depois, expressamente feita em um recanto da Gamboa. Um brinco! Nova, caiada de fresco, com quatro janelas na frente e duas de ca-

da lado, – todas com venezianas cor de tijolo, – trepadeira nos cantos, jardim na frente; mistério e solidão. Um brinco!

Convencionamos que iria morar ali uma mulher, conhecida de Virgília, em cuja casa fora costureira e agregada. (...)

Para mim era aquilo uma situação nova do nosso amor, uma aparência de posse exclusiva, de domínio absoluto, alguma coisa que me faria adormecer a consciência e resguardar o decoro. Já estava cansado das cortinas do outro, das cadeiras, do tapete, do canapé, de todas essas coisas, que me traziam aos olhos constantemente a nossa duplicidade. (...)

– É bem aquilo que você disse – comentou Virgília. – Tudo fachada, aparência. "Aparência de posse". Mas que coisa é essa?

– Até porque, se não tem as cortinas do outro, tem a mulher do outro – arrematou Túlio, e os dois caíram na risada.

Voltemos à casinha. (...)

Vê agora a neutralidade deste globo, que nos leva, através dos espaços, como uma lancha de náufragos, que vai dar à costa: dorme hoje um casal de virtudes no mesmo espaço de chão que sofreu um casal de pecados. Amanhã pode lá dormir um eclesiástico, depois um assassino, depois um ferreiro, depois um poeta, e todos abençoarão esse canto de terra, que lhes deu algumas ilusões.

Virgília fez daquilo um brinco; designou as alfaias mais idôneas, e dispô-las com a intuição estética da mulher elegante; eu levei para lá alguns livros, e tudo ficou sob a guarda de Dona Plácida, suposta, e, a certos respeitos, verdadeira dona da casa.

Custou-lhe muito a aceitar a casa; farejara a intenção, e doía-lhe o ofício; mas afinal cedeu. Creio que chorava, a princípio: tinha nojo de si mesma. Ao menos, é certo que não levantou os olhos para mim durante os primeiros dois meses; falava-me com eles baixos, séria, carrancuda, às vezes triste. Eu queria angariá-la, e não me dava por ofendido, tratava-a com carinho e respeito; forcejava por obter-lhe a benevolência, depois a confiança. Quando obtive a confiança, imaginei uma história patética dos meus amores com Virgília, um caso anterior ao casamento, a resistência do pai, a dureza do marido, e não sei que outros toques de novela. Dona Plácida não rejeitou uma só página da novela; aceitou-as todas. Era uma necessidade da consciência. Ao cabo de seis meses quem nos visse a todos três juntos diria que Dona Plácida era minha sogra.

Não fui ingrato; fiz-lhe um pecúlio de cinco contos, – os cinco contos achados em Botafogo, – como um pão para a velhice. Dona Plácida agradeceu-me com lágrimas nos olhos, e nunca mais deixou de rezar por mim, todas as noites, diante de uma imagem da Virgem, que tinha no quarto. Foi assim que lhe acabou o nojo.

– Peraí! – brecou Túlio. – Esse dinheiro não era aquele que ele encontrou na rua, e ficou pensando em procurar o dono e devolver?

– É, pelo jeito a devolução ficou só no pensamento. Que cínico! Então acabou usando a grana para comprar a dona Plácida. Vai ver, achando que assim não sujava a mão com dinheiro alheio. Ele nunca assume o que faz, esse... Esse cara!!!

– Tá – rebateu Túlio, depois de pensar um segundo –, mas quem arranjou a tal da dona Plácida? A danada da Virgília. Foi buscar uma velhinha que gostava à beça dela, e deixou o lado malandro do negócio para o Brás Cubas acertar. Eles se merecem, Virgília!

– É sempre assim! – resmungou a garota.

Então, ficaram um instante em silêncio. Virgília sabia que Túlio estava se segurando para perguntar que diabos era sempre assim. Quase soltou uma risadinha, apreciando a aflição dele. Então, depois de deixá-lo se remoendo um pouco, explicou:

– Minha mãe também se apaixonou por um cara, que prometeu um bocado de coisas para ela. Isso foi um pouco antes de ela se separar... Daí, quando ela entrou numa de viver com ele, e desfez o casamento com meu pai, o cara sumiu. E tá sumido até hoje! Não fiquei com pena do meu pai, ele também aprontou mil e umas... Só que... Ah, que droga! Tá vendo?

Ela não quis continuar, já tinha lágrima de novo com pressa de cair, e Túlio puxou-a para um abraço silencioso que durou até anoitecer de vez.

• 13 •
O senão do livro

Começo a arrepender-me deste livro. Não que ele me canse; eu não tenho que fazer; e, realmente, expedir alguns magros capítulos para esse mundo sempre é tarefa que distrai um pouco da eternidade. Mas o livro é enfadonho, cheira a sepulcro, traz certa contração cadavérica; vício grave, e aliás ínfimo, porque o maior defeito deste livro és tu, leitor. Tu tens pressa de envelhecer, e o livro anda devagar; tu amas a narração direita e nutrida, o estilo regular e fluente, e este livro e o meu estilo são como os ébrios, guinam à direita e à esquerda, andam e param, resmungam, urram, gargalham, ameaçam o céu, escorregam e caem...

E caem! – Folhas misérrimas do meu cipreste, heis de cair, como quaisquer outras belas e vistosas; e, se eu tivesse olhos, dar-vos-ia uma lágrima de saudade. Esta é a grande vantagem da morte, que, se não deixa boca para rir, também não deixa olhos para chorar... Heis de cair.

– Um capitulozinho curto, para confirmar o ditado de que tudo tem um senão. Em seu *Memórias póstumas*, Brás Cubas se interrompe para, em brevíssimo capítulo, dizer lá dos senões da obra que estava escrevendo – começou a explicar seu Quincas.

Só que também o belo abraço de Túlio e Virgília, que durou até o anoitecer, tinha um senão. Ou melhor, alguns, parte deles fazendo piruetas no trapézio dos pensamentos da garota, outra parte "vermeando" nos miolos de Túlio. É que, mesmo enquanto se abraçavam, pensou Túlio (mudamente se dirigindo a Virgília):

"Tá, mas por que você nunca veste nem uma peçazinha de roupa que não seja preta? E batom, esmalte, tudo o mais... preto! E, mais esquisito ainda, por que tem essa mania de praticar seu violino... no cemitério? E tarde da noite? Precisa ser tão, tão... *assim*?"

E, do seu lado, Virgília respondia, igualmente muda:

"Tá, mas, que nem o Brás Cubas, você é desses que dão importância ao que é que os outros vão dizer, o que é que os outros vão pensar... Não é?"

– E porque até o senão tem senões – sugeriu seu Quincas, alheio ao pensamento dos dois –, logo na abertura do capítulo seguinte, Brás Cubas insinua:

Talvez suprima o capítulo anterior; entre outros motivos, há aí, nas últimas linhas, uma frase muito parecida com despropósito, e eu não quero dar pasto à crítica do futuro.

– E suprimiu? Coisa nenhuma! Tanto que a gente acabou de ler o tal senão do livro. Mas ele continua a se queixar de si mesmo. Daí, outra vez no capítulo seguinte:

O despropósito fez-me perder outro capítulo. Que melhor não era dizer as coisas lisamente, sem todos estes so-

lavancos! Já comparei o meu estilo ao andar dos ébrios. Se a ideia vos parece indecorosa, direi que ele é o que eram as minhas refeições com Virgília, na casinha da Gamboa, onde às vezes fazíamos a nossa patuscada, o nosso luncheon. *Vinho, frutas, compotas. Comíamos, é verdade, mas era um comer virgulado de palavrinhas doces, de olhares ternos, de criancices, uma infinidade desses apartes do coração, aliás o verdadeiro, o ininterrupto discurso do amor. Às vezes vinha o arrufo temperar o nímio adocicado da situação. Ela deixava-me, refugiava-se num canto do canapé, ou ia para o interior ouvir as denguices de Dona Plácida. Cinco ou dez minutos depois, reatávamos a palestra, como eu reato a narração, para desatá-la outra vez. Note-se que, longe de termos horror ao método, era nosso costume convidá-lo, na pessoa de Dona Plácida, a sentar-se conosco à mesa; mas Dona Plácida não aceitava nunca.*

– Viram? – observou seu Quincas, ao comentar esses trechos. – Os senões todos são esquecidos, são cabriolas bem próprias do *Memórias póstumas,* que dão sabor, graça à história, e tudo volta ao Brás Cubas e Virgília, e seu despreocupado caso de amor.

– O que eu acho... – disse Virgília – ... é que todas essas preocupações dele são fita, fingimento. Virgília e ele eram uns avoados. A "casinha" é uma brincadeira. Quase para ajudar a passar o tempo. Como é que iam ter peso na consciência com uma coisa assim?

– É mesmo. Peso na consciência cheira a tragédia – reforçou Túlio.

– Isso! – confirmou seu Quincas. – O adultério dos dois está mais para farsa. – E o coveiro sorriu. – Vocês, hem? Estão cada dia combinando mais. Até parece que estão lendo juntos, longe do meu olho...

Os dois ficaram mudos, como se tivessem engolido uma maçã inteira. E muito vermelhos. Seu Quincas não esperou que eles respondessem. Nem precisavam.

– Mas, então, Virgília e Brás Cubas devem agir como apaixonados para justificar diante deles mesmos o adultério. Senão, vira tudo pura e simples... como dizer?... pura e simples safadeza! É que, acima de tudo, um é conveniente ao outro. Virgília tem seu marido, de quem não quer se separar, e um amante que não lhe cobra que abandone seu casamento. E Brás Cubas não é muito diferente, já que se acomoda a uma amante que não lhe exige nem entrega responsabilidades. Talvez se amem, quem sabe? Do jeito deles, é possível que se amem. Mas estariam dispostos a enfrentar a condenação do mundo que prezam tanto? Daí, a farsa. O *senão*!

E foi então que Túlio e Virgília se olharam, sem dizer nada, mas pensando em seus senões. Até porque tinham uma prova de fogo chegando: uma festa, na qual os dois iam aparecer pela primeira vez como *namorados*!

• 14 •
A festa! *e* O resultado da festa!

Se este *O voo do hipopótamo* fosse um livro à moda convencional (aliás, convencional em 1881, época em que surgiu *Memórias póstumas*), este capítulo "A festa!" deveria ser escrito cheio de detalhes. Teria de informar ao leitor que festa era essa, na casa de quem, e que tipo de noite fazia, estrelada ou nublada, se estava quente ou calor. E então, muito aos poucos, faria o leitor ir se sentindo, junto com o casal, nossos heróis, entrando de mãos dadas na dita festa. Virgília com saia e blusa preta, tênis e acessórios pretos, maquiagem e tudo o mais preto; e Túlio com uma calça *jeans* desbotada clara e uma camisa superestampada, para contrabalançar.

Daí, bem no seu hábito de "o Popular", Túlio iria adentrando a casa, adentrando, cumprimentando todo mundo, sendo cumprimentado, arrastando Virgília, que não cumprimentava ninguém, na sua cauda, que nem cometa. Só que, num dado momento, Virgília desprenderia sua mão da dele. E Túlio ia seguir em frente, nem notaria.

Quer dizer, notaria minutos depois, e aí já era tarde demais.

Se fosse um romance tradicional, pelo menos duas páginas iam ser gastas descrevendo o nosso casal-herói, como cada um deles estaria se sentindo, o esforço (mais de Túlio do que de Virgília) para não dar na vista que estavam mais do que percebendo todos os olhares se virando para eles, à medida que passavam. Alguns, espantados, como o de Bronquinha; outros, prendendo o riso debochado, como o de Vanessa, sempre candidata a namorada de Túlio. E junto a um e outra logo se formaria uma roda. Bronquinha, perguntando para a turma de garotões:

– Que que a gente faz pra salvar nosso amigo dessa roubada?

E Vanessa dizendo para suas amigas, muitas das quais haviam ficado com Túlio em outras festas da vida:

– Eu não disse? Vocês não acreditaram. Olha os dois juntos! Ela não é horrorosa? Aquele cabelo, como ela tem coragem!

E um garotão da turma sugerindo que pegassem um refrigerante de dois litros, sacudissem bem, depois abrissem a tampa com o jato de pressão diretamente em cima da *Vampira*.

E uma amiga de Vanessa dizendo:

– Parece mais mascote dele do que namorada... Mascote, que nem aqueles tatus que fazem toca no cemitério!

E Túlio esticando o mais que podia seu sorriso.

E todo mundo comentando em volta, comentando...

E Virgília começando a sentir raiva. Mais e mais raiva. Muita raiva, uma raiva que ardia lá no fundo...

Então, se fosse um romance daqueles bem explicadinhos, o sufoco que Virgília e Túlio estariam sentindo, no meio daquela festa onde deveriam estar para ver gente amiga e se divertir, teria seu clímax, o momento de explosão, quando finalmente Virgília empacasse, e ficasse olhando para as costas de Túlio se afastando, deixando-a sozinha, sem perceber que ela já não estava com ele. E com Túlio, ia acontecer no momento em que ele percebesse, afinal, que a mão de Virgília tinha se soltado, e então ele se viraria.

Os olhos dos dois então se cruzariam.

E não havia carinho nenhum naquele olhar que trocariam.

Daí, Túlio voltaria até ela, já sem forçar sorriso nenhum para ninguém, e os dois iniciariam um diálogo fatal.

Bom, assim seria, lance a lance, numa narrativa tradicional.

Já se fosse um livro mais puxado a *Memórias póstumas*, ou num livro mais moderno, desses romances do século XX, depois de anunciar a festa, e deixar no ar toda a tensão no capítulo anterior, neste capítulo aqui o título seria outro e nele haveria não mais do que o diálogo fatal:

O resultado da festa!

– Tá parada aí por quê?

– Você me largou!

– Tá todo mundo olhando para você, tá satisfeita?

– Eu quero é ir embora!

– Não acredito! Você nunca foi a uma festa na sua vida?

– Tchau!

– Dane-se!

E mais não precisava. O leitor que imaginasse à vontade o que veio antes para causar esse diálogo, e o que veio logo a seguir, quer dizer, Virgília saindo da festa fumegando feito uma búfala, mais olhares pelas costas, mais comentários e risinhos, e os amigos de Túlio indo procurar por ele, querendo lhe dar os parabéns por ter despachado a *Vampira*, mas sem conseguir encontrar o garoto em lugar algum. Também, numa narrativa em que o escritor, como fazem Machado e nosso Brás Cubas (que não é escritor mas é autor, pelo "processo extraordinário" do *Memórias póstumas*), se intrometesse para falar com o leitor, ele anunciaria, assim de supetão, que enquanto o namoro cá do Túlio e da Virgília desandava, lá o romance tão plácido do Brás Cubas com a Virgília logo iria passar por uns tantos sufocos.

· 15 ·
Molas da vida

Por uma semana, Virgília e Túlio ensaiaram, em vão, todas as maneiras do mundo para se fazerem de invisíveis um ao outro, mesmo estudando na mesma sala.

Cada vez que Túlio passava pela garota, e ela acintosamente virava a cara, ele azedava, lá por dentro, e começava a resmungar consigo mesmo. Só que, de tanto resmungar coisa e mais coisa contra ela, acabou se convencendo de que, já que era amigo do seu Quincas, não precisava a Virgília estar lá para ele ir visitar o coveiro. Além do mais, estava firme, agora, na leitura do *Memórias póstumas*.

"O que essa garota tá pensando? Que eu sou um idiota? Que não consigo ler sem ela? Até parece! Aposto que vou tirar nota mais alta do que ela na prova!"

Enfim, num final de tarde, sem avisar, apareceu na porta do seu Quincas. Virgília não estava. Isso o garoto percebeu na primeira olhada e ficou sentindo uma coisa por dentro que, se fosse perguntar, ele não saberia dizer se era alívio ou frustração. Ou tristeza, mesmo, quem sabe? Ou talvez pelo menos soubesse que alívio não era. O velho coveiro o recebeu com um sorriso contente:

— E aí? Como vai a leitura?

Certo dia, meses depois, entrou Lobo Neves em casa, dizendo que iria talvez ocupar uma presidência de província. Olhei para Virgília, que empalideceu; ele, que a viu empalidecer, perguntou-lhe:

— A modo que não gostaste, Virgília?

Virgília abanou a cabeça.

— Não me agrada muito, foi a sua resposta.

(...)

Virgília ficou desorientada. No dia seguinte achei-a triste, na casa da Gamboa, à minha espera; tinha dito tudo a Dona Plácida, que buscava consolá-la como podia. Não fiquei menos abatido.

— Você há de ir conosco, disse-me Virgília.

— Está doida? Seria uma insensatez.

(...)

Virgília quis agarrar-me, mas eu já estava fora da porta. Cheguei a ouvir um prorromper de lágrimas, e digo-lhes que estive a ponto de voltar, para as enxugar com um beijo; mas subjuguei-me e saí.

(...)

Na noite seguinte fui efetivamente à casa do Lobo Neves (...) Lobo Neves contou-me os planos que levava para a presidência, as dificuldades locais, as esperanças, as resoluções; estava tão contente! tão esperançado! Virgília, ao pé da mesa, fingia ler um livro, mas por cima da página olhava-me de quando em quando, interrogativa e ansiosa.

— O pior, disse-me de repente o Lobo Neves, é que ainda não achei secretário.

— Não?

— Não, e tenho uma ideia.

— Ah!

– Uma ideia... Quer você dar um passeio ao Norte?
Não sei o que lhe disse.

– Você é rico, continuou ele, não precisa de um magro ordenado; mas se quisesse obsequiar-me, ia de secretário comigo.

Meu espírito deu um salto para trás, como se descobrisse uma serpente diante de si. (...)

– Vai ver essa serpente era a Virgília! – disparou Túlio, mais irritado do que estaria se estivesse pensando apenas na Virgília machadiana. – Isso tem toda a cara de ideia dela, e esse tal marido acha que foi ele que pensou a coisa.

– Olha... – replicou seu Quincas, com um suspiro. – Você bem que pode ter razão... Essas Virgílias aprontam mesmo, não é?

O garoto voltou-se cismado para o velho, que não piscou nem um olho sequer, nem fez nada que desse a perceber que ele havia entendido qualquer coisa de mais no desabafo de Túlio. O jeito foi continuar a leitura.

(...) Encarei o Lobo Neves, fixamente, imperiosamente, a ver se lhe apanhava algum pensamento oculto... Nem sombra disso; o olhar vinha direito e franco, a placidez do rosto era natural, não violenta, uma placidez salpicada de alegria. Respirei, e não tive ânimo de olhar para Virgília; senti por cima da página o olhar dela, que me pedia também a mesma coisa, e disse que sim, que iria. Na verdade, um presidente, uma presidenta, um secretário, era resolver as coisas de um modo administrativo.
(...)
No dia seguinte, abro uma folha política e leio a notícia de que, por decreto de 13, tínhamos sido nomeados

presidente e secretário da província de *** o Lobo Neves e eu. Escrevi imediatamente a Virgília, e segui duas horas depois para a Gamboa. (...) Virgília chegou daí a pouco, lépida como uma andorinha; mas, ao ver-me triste, ficou muito séria.

– Que aconteceu?

– Vacilo, disse eu; não sei se devo aceitar...

Virgília deixou-se cair, no canapé, a rir. – Por quê? disse ela.

– Não é conveniente, dá muito na vista...

– Mas nós já não vamos.

– Como assim?

Contou-me que o marido ia recusar a nomeação, e por motivo que só lhe disse, a ela, pedindo-lhe o maior segredo; não podia confessá-lo a ninguém mais. – É pueril, observou ele, é ridículo; mas em suma, é um motivo poderoso para mim. Referiu-lhe que o decreto trazia a data de 13, e que esse número significava para ele uma recordação fúnebre. O pai morreu num dia 13, treze dias depois de um jantar em que havia treze pessoas. A casa em que morrera a mãe tinha o nº 13. Et coetera. Era um algarismo fatídico. Não podia alegar semelhante coisa ao ministro; dir-lhe-ia que tinha razões particulares para não aceitar. Eu fiquei como há de estar o leitor, – um pouco assombrado com esse sacrifício a um número; mas, sendo ele ambicioso, o sacrifício devia ser sincero...

– Só pode ser deboche! – grunhiu Túlio. – O sujeito desistiu de um cargo político que ele queria tanto só por causa de uma cisma dessas?

O velho coveiro sorriu, deu uma passeada com os olhos pelo teto, depois virou-se para Túlio e disse, olhando-o direto nos olhos:

– Túlio... garoto... quem é que pode julgar? A gente vive desistindo do que é importante na nossa vida por coisas que outras pessoas achariam... besteiras. Não é?

Túlio estava começando a achar os "não é?" do seu Quincas um exagero de venenosos. Aquele "não é?" dele ficou ressoando na cachola do garoto, faltando pouco para se juntar num coro à ladainha do "diabo-outra-de-menos". Que pesadelo seria! Um lamentava "outra de menos", o outro, debochado, martelava "não é?". E assim ia!

Túlio espiou em volta, como que para se certificar de que Virgília não teria chegado de repente, sem fazer barulho, e o estaria observando pelas costas. Sentiu um arrepio na espinha, como da primeira vez em que viu a menina tocando violino em cima de uma sepultura. Era um arrepio diferente, dessa vez. Tão gelado quanto o anterior, mas diferente.

"Diferente em quê?"

– No entanto, você tem razão, de certo modo – prosseguiu seu Quincas. – Machado de Assis costuma sempre tratar coisas da política e os políticos com ar de deboche. Mas pense só como ficou o romance de Brás Cubas e Virgília. Pense em como Brás deve se sentir em relação ao marido dela, esse sujeito a quem ele engana com tanta facilidade. Que chega a recebê-lo em casa e já ia lhe oferecer de bandeja um jeito de Brás continuar tendo um caso com a mulher dele.

– O Brás Cubas deve achar o tal Lobo Neves um idiota!

– Seria muito típico dele, do Brás Cubas, julgar assim o marido da amante. No entanto, também, parece que o Lobo Neves tem a única coisa que falta a Brás Cubas. Algo que ele desejaria usufruir, pelo menos sem tantas dificuldades...

– Virgília...! – murmurou Túlio, a voz tropeçando ao pronunciar o nome.

A CARTA ANÔNIMA

(...) Virgília contou-me tudo, daí a dias na Gamboa.

O marido mostrou-lhe a carta, logo que ela se restabeleceu. Era anônima e denunciava-nos. Não dizia tudo; não falava, por exemplo, das nossas entrevistas externas; limitava-se a precavê-lo contra a minha intimidade, e acrescentava que a suspeita era pública. Virgília leu a carta e disse com indignação que era uma calúnia infame.

– Calúnia? perguntou Lobo Neves.

– Infame.

O marido respirou; mas, tornando à carta, parece que cada palavra dela lhe fazia com o dedo um sinal negativo, cada letra bradava contra a indignação da mulher. (...)

– Claro! – protestou Túlio. – Ela é uma tremenda de uma fingida. Quando o marido dela se aproximou de novo do governo, a Virgília só pensava se dessa vez ia dar para ela entrar para a nobreza.

– Você hoje até parece a Virgília! – brincou seu Quincas.

– Quem?... Qual?...

– Minha neta! Está julgando e condenando sem dó!

– Só que eu... eu não... Ora! – Túlio calou-se, desconcertado.

Foi Virgília quem me deu notícia da viravolta política do marido, certa manhã de outubro, entre onze e meio-dia; falou-me de reuniões, de conversas, de um discurso...

– *De maneira que desta vez fica você baronesa, interrompi eu.*

Ela derreou os cantos da boca, e moveu a cabeça a um e outro lado; mas esse gesto de indiferença era desmentido por alguma coisa menos definível, menos clara, uma expressão de gosto e de esperança. (...)

(...)

(...) Era tarde; tinham dado três horas. Tudo estava esquecido e perdoado. Dona Plácida, que espreitava a ocasião idônea para a saída, fecha subitamente a janela e exclama:

– *Virgem Nossa Senhora! aí vem o marido de Iaiá!*

O momento de terror foi curto, mas completo. Virgília fez-se da cor das rendas do vestido, correu até a porta da alcova; Dona Plácida, que fechara a rótula, queria fechar também a porta de dentro; eu dispus-me a esperar o Lobo Neves. Esse curto instante passou. Virgília tornou a si, empurrou-me para a alcova, disse a Dona Plácida que voltasse à janela; a confidente obedeceu.

Era ele. Dona Plácida abriu-lhe a porta com muitas exclamações de pasmo: – O senhor por aqui! honrando a casa de sua velha! Entre, faça favor. Adivinhe quem está cá... Não tem que adivinhar, não veio por outra coisa... Apareça, Iaiá.

Virgília, que estava a um canto, atirou-se ao marido. Eu espreitava-os pelo buraco da fechadura. O Lobo Neves entrou lentamente, pálido, frio, quieto, sem explosão, sem arrebatamento, e circulou um olhar em volta da sala.

– *Que é isto? exclamou Virgília. Você por aqui?*

– *Ia passando, vi Dona Plácida à janela, e vim cumprimentá-la.*

– Muito obrigada, acudiu esta. E digam que as velhas não valem alguma coisa... Olhai, gentes! Iaiá parece estar com ciúmes. E acariciando-a muito: – Este anjinho é que nunca se esqueceu da velha Plácida. Coitadinha! é mesmo a cara da mãe. Sente-se, senhor doutor...
  – Não me demoro.
  – Você vai para casa? disse Virgília. Vamos juntos.

– E ficou nisso!? – reclamou Túlio.
– O que você esperava? – sorriu seu Quincas. – Uma página de sangue? Não, aqui tudo é meio farsa. Sabe, a tragédia pode ser um consolo. Pelo menos deixa em nós algo grandioso. Algo... forte! Uma compensação. Mas se é para não deixar nada, consolo nenhum, então se faça a desolação parecer ridícula.

Túlio ficou alguns segundos de olhos fixos no chão, depois os levantou, devagar. Estava com uma expressão assombrada no rosto, como se estivesse vendo um fantasma. Que não lhe pregava um susto, que não o fazia reagir de supetão, nem pular para trás. Nem gritar. Ele disse apenas:
– Que maldade!

Seu Quincas assentiu lentamente com a cabeça:
– Tem gente que diz que Machado de Assis é o mais cruel dos escritores. Porque realmente sabe *destruir* um personagem. Outros dizem o contrário: que é um escritor com uma capacidade sem limites de amar seus personagens, amá-los gratuitamente, mesmo que eles não o mereçam, mas porque... talvez porque sejam suas crias! Aqui em *Memórias póstumas* os conflitos não vão até os extremos. Ficam na medida das criaturas médias. Medíocres. Diluem-se. Ou evaporam. Aqui não há heróis nem mártires. Os personagens são mais para o patético, eles nos causam compaixão. Ao mesmo

tempo, constrangimento. Porque reconhecemos a humanidade deles, algo que os torna nossos semelhantes, no seu... ridículo!

Uma semana depois, Lobo Neves foi nomeado presidente de província. Agarrei-me à esperança da recusa, se o decreto viesse outra vez datado de 13; trouxe, porém, a data de 31, e esta simples transposição de algarismos eliminou deles a substância diabólica. Que profundas que são as molas da vida!

– É mesmo – entendeu Túlio. – Até a nomeação dele. Presidente de província. É um cargo político importante, não é? Presidente de província. Soa coisa à beça.

– É mais ou menos o que seria um governador de estado. As províncias se transformaram em estados, na Proclamação da República.

– Então, é importante mesmo. E foi só por acaso que ele virou presidente de província. Porque os algarismos trocaram de lugar.

– Isso mesmo! – E seu Quincas deu uma risadinha. – Acho que o Machado ia conseguir, se quisesse, explicar uma guerra por um laço mal dado em cadarços de sapato. E a gente ia achar a coisa mais plausível do mundo!

FIM DE UM DIÁLOGO
– *Sim, é amanhã. Você vai a bordo?*
– *Está doida? É impossível.*
– *Então, adeus!*
– *Adeus!*
– *Não se esqueça de Dona Plácida. Vá vê-la algumas vezes. Coitada! Foi ontem despedir-se de nós; chorou*

muito, disse que eu não a veria mais... É uma boa criatura, não é?

— Certamente.

— Se tivermos de escrever, ela receberá as cartas. Agora até daqui a...

— Talvez dois anos?

— Qual! ele diz que só até fazer as eleições.

— Sim? então até breve. Olhe que estão olhando para nós.

— Quem?

— Ali do sofá. Separemo-nos.

— Custa-me muito.

— Mas é preciso; adeus, Virgília!

— Até breve. Adeus!

— Mas, vão acabar assim? — exclamou Túlio, indignado.

— Vão. Depois disso, só vão se ver naquela cena, em que ele está no leito de morte. Que *show* de síntese, hem? E com isso Machado jogou a frustração dos personagens para dentro de quem lê. É isso o que você está sentindo agora. *Não é?*

Era!

— Ora, não pode!... — Túlio brecou, engoliu em seco, como se estivesse com um punhado de pregos entalado na garganta. Então, num relance, como se fosse uma revoada no lombo de um hipopótamo, indagou: — Eles se gostavam, não gostavam?

— Às vezes, mesmo a gente se gostando, a separação acontece... Lembra do demônio que tira moedas da vida e as dá à morte? *Outra de menos!*

Túlio, sem sentir, balançava a cabeça, rejeitando a ideia.

— ... Principalmente quando *a gente* deixa acontecer. São as "molas da vida!". Quando as deixamos soltas, não tem perdão. E justamente as coisas mais preciosas são aquelas que podem acabar. Que não são infinitas. Que um dia, uma hora, se vão. É o que as torna preciosas, enquanto as temos, inestimáveis! É por isso que temos de zelar pelo que a vida nos oferece de bom! – Seu Quincas emitiu um suspiro profundo e entristecido. – Porque, senão, são essas as coisas que podemos perder.

• 16 •
Estrume e virtude

Naquela noite, Túlio rolava na cama, sem conseguir dormir. O silêncio já começava a lhe dar nos nervos. A ponto de chegar a sentir saudades daquelas noites (não fazia tanto tempo assim) em que imaginava uivos e gemidos que o vento vinha trazendo, através da janela do quarto, vindos diretamente das tumbas, logo ali ao lado. Não deixava de ser verdade, já que o vento era sempre forte para os lados do cemitério e, quando passava zunindo por entre as sepulturas (ou seriam mesmo os instrumentos dos anjos de pedra?), o contorno dos monumentos e lápides de pedra o fazia assoviar. Mas não naquela noite tão calada, como se aguardasse algo acontecer.

Finalmente, o garoto se sentou na cama e acendeu a luz de cabeceira. Ficou cruzando e descruzando as pernas, por um instante, até que, quase sem sentir, pegou o *Memórias póstumas*, que estava na mesinha, e o abriu.

Ora, quando se fala aqui "sem sentir", não é bem assim. Algo ele sentia, algo muito intenso. Uma sensação de perda. Algo dolorido, que fazia seus olhos arderem. A palavra lhe veio então: melancolia. A tinta de Brás Cubas. Era algo tão novo de perceber (talvez até de sentir) dentro de si, que ele tinha essa necessidade de abrir o livro, como a gente geralmente quer se ver num espelho, depressa, depois de passar por um corte de cabelo, para checar o que mudou. Ele chegou a pensar nisso, que o livro, aberto, era como um espelho. Só que estava embaçado.

Como se uma fina película o estivesse recobrindo.

Uma película de tinta, talvez.

Túlio abriu o livro no trecho em que Brás Cubas conta a história de dona Plácida:

(...) Era filha natural de um sacristão da Sé e de uma mulher que fazia doces para fora. Perdeu o pai aos dez anos. Já então ralava coco e fazia não sei que outros trabalhos de doceira, compatíveis com a idade. Aos quinze ou dezesseis casou com um alfaiate, que morreu tísico algum tempo depois, deixando-lhe uma filha. Viúva e moça, ficaram a seu cargo a filha, com dois anos, e a mãe, cansada de trabalhar. Tinha de sustentar a três pessoas. Fazia doces, que era o seu ofício, mas cosia também, de dia e de noite, com afinco, para três ou quatro lojas, e ensinava algumas crianças do bairro, a dez tostões por mês. Com isto iam-se passando os anos, não a beleza, porque não a tivera nunca. Apareceram-lhe alguns namoros, propostas, seduções, a que resistia.

(...)

(...) Trabalhava muito, queimando os dedos ao fogão, e os olhos ao candieiro, para comer e não cair. Emagreceu, adoeceu, perdeu a mãe, enterrou-a por subscrição, e continuou a trabalhar. A filha estava com quatorze anos; mas era muito fraquinha, e não fazia nada, a não ser namorar os capadócios que lhe rondavam a rótula. Dona Plácida vivia com imensos cuidados, levando-a consigo, quando tinha de ir entregar costuras. A

gente das lojas arregalava e piscava os olhos, convencida de que ela a levava para colher marido ou outra coisa. Alguns diziam graçolas, faziam cumprimentos; a mãe chegou a receber propostas de dinheiro...

Interrompeu-se um instante, e continuou logo:

– Minha filha fugiu-me; foi com um sujeito, nem quero saber... (...) Olhe os meus dedos, olhe estas mãos... E mostrou-me as mãos grossas e gretadas, as pontas dos dedos picadas de agulhas. – Não se cria isto à toa, meu senhor; Deus sabe como é que isto se cria... (...) Eu tinha um medo de acabar na rua, pedindo esmola...

Ao soltar a última frase, Dona Plácida teve um calafrio. (...)

E calafrio mais intenso, e mais no fundo ainda, teve o garoto, ao ler o trecho que se seguia:

Assim, pois, o sacristão da Sé, um dia, ajudando à missa, viu entrar a dama, que devia ser sua colaboradora na vida de Dona Plácida. Viu-a outros dias, durante semanas inteiras, gostou, disse-lhe alguma graça, pisou-lhe o pé, ao acender os altares, nos dias de festa. Ela gostou dele, acercaram-se, amaram-se. Dessa conjunção de luxúrias vadias brotou Dona Plácida. É de crer que Dona Plácida não falasse ainda quando nasceu, mas se falasse podia dizer aos autores de seus dias: – Aqui estou. Para que me chamastes? E o sacristão e a sacristã naturalmente lhe responderiam: – Chamamos-te para queimar os dedos nos tachos, os olhos na costura, comer mal, ou não comer, andar de um lado para outro, na faina, adoecendo e sarando com o fim de tornar a adoecer e sarar outra vez, triste agora, logo desesperada, amanhã resignada, mas sempre com as mãos no tacho e os olhos na costura, até acabar um dia na lama ou no hospital; foi para isso que te chamamos, num momento de simpatia.

Túlio sentiu isso porque se viu no lugar de dona Plácida. Como um joguete. Uma peça num jogo, que alguma coisa, ou ser poderoso, mexe de um lado para o outro, por capricho. O pensamento foi quase uma fábula, uma fantasia. Desses delírios que ele andava tendo, quando deixava a cabeça voar, como se embarcasse no lombo do hipopótamo, como se...

"Epa! Peraí!"

Mas o fato é que o pensamento, ou revoada, ou o que tenha sido, deixou em Túlio uma sensação opressiva, que o garoto se esforçou para afastar. Tentou pensar em coisas boas, coisas de que gostava e que o faziam se sentir bem no mundo: lances de partidas de vôlei, disparada de bicicleta com os amigos... Quando viu, estava pensando era nos olhos de Virgília. E, assim, veio a melancolia outra vez. O mais estranho foi que isso agora o tranquilizou o bastante para ele conseguir voltar à leitura.

Súbito deu-me a consciência um repelão, acusou-me de ter feito capitular a probidade de Dona Plácida, obrigando-a a um papel torpe, depois de uma longa vida de trabalho e privações. Medianeira não era melhor que concubina, e eu tinha-a baixado a esse ofício, à custa de obséquios e dinheiros. Foi o que me disse a consciência; fiquei uns dez minutos sem saber que lhe replicasse. Ela acrescentou que eu me aproveitara da fascinação exercida por Virgília sobre a ex-costureira, da gratidão desta, enfim da necessidade. Notou a resistência de Dona Plácida, as lágrimas dos primeiros dias, as caras feias, os silêncios, os olhos baixos, e a minha arte em suportar tudo isso, até vencê-la. E repuxou-me outra vez de um modo irritado e nervoso.

Concordei que assim era, mas aleguei que a velhice de Dona Plácida estava agora ao abrigo da mendicidade: era uma compensação. Se não fossem os meus amores, provavelmente Dona Plácida acabaria como tantas outras criaturas humanas; donde se poderia deduzir que o vício é muitas vezes o estrume da virtude. O que não impede que a virtude seja uma flor cheirosa e sã. A consciência concordou (...)

Túlio ficou um instante matutando sobre o que tinha acabado de ler. Decididamente, detestava a maneira debochada como esse Brás Cubas, que nunca havia trabalhado nem passado necessidade na vida, se referia àquela pobre mulher, como se a utilidade dela na vida fosse somente facilitar as artes e diversões dele, Brás Cubas. "E essa moral dele", pensou, "tudo pose: vício, estrume, virtude... Tudo distorcido, e ainda faz teorias para se justificar. Porque esperto ele é! Só não faz nada que preste com essa esperteza dele."

Por outro lado...

Foi como se subitamente escutasse ali, pouco acima de sua cabeça, pairando, a voz de seu Quincas, sabe-se lá encarnada de onde, a lhe dizer:

... Abra bem os ouvidos. Tente escutar o que lhe diz a voz desse autor defunto, e o tom em que ele lhe diz. Onde está a pena da galhofa, está também a tinta da melancolia...

Túlio ficou pensando, pensando... O deboche era tão evidente, quase um insulto. Mas, e a melancolia?

Então, dona Plácida, já com Brás Cubas e Virgília separados, cai doente. E o desdém do autor defunto fica ainda mais acirrado:

Depois do almoço fui à casa de Dona Plácida; achei um molho de ossos, envolto em molambos, estendido sobre um catre velho e nauseabundo; dei-lhe algum dinheiro. No dia seguinte fi-la transportar para a Misericórdia, onde ela morreu uma semana depois. Minto: amanheceu morta; saiu da vida às escondidas, tal qual entrara. Outra vez perguntei, a mim mesmo, como no capítulo 75, se era para isto que o sacristão da Sé e a doceira trouxeram Dona Plácida à luz, num momento de simpatia específica. Mas adverti logo que, se não fosse Dona Plácida, talvez os meus amores com Virgília tivessem sido interrompidos, ou imediatamente quebrados, em plena efervescência; tal foi, portanto, a utilidade da vida de Dona Plácida. Utilidade relativa, convenho; mas que diacho há absoluto nesse mundo?

"Esse cara acha que a única pessoa importante no mundo é ele mesmo, e o resto é o resto. Mas, e a melancolia, aqui, onde está mesmo?"

Então, Túlio passou à leitura do episódio da barretina. Na leitura, viu que, puxando cordões de tudo que é lado, e usando pistolões e presentes, nessa altura já com seus cinquenta anos, Brás Cubas acabou virando deputado, com grandes pretensões a se tornar ministro do governo:

Comecei devagar. Três dias depois, discutindo-se o orçamento da justiça, aproveitei o ensejo para perguntar modestamente ao ministro se não julgava útil diminuir a barretina na guarda nacional. Não tinha vasto alcance o objeto da pergunta; mas ainda assim demonstrei que não era indigno das cogitações de um homem de Estado (...) O tamanho das nossas barretinas estava pedindo um corte profundo, não só por serem deselegantes, mas também por serem anti-higiênicas. Nas paradas, ao sol, o excesso do calor produzido por elas podia ser fatal. (...) A câmara e o governo deviam lembrar-se que a guarda nacional era o anteparo da liberdade e da independência, e que o cidadão, chamado a um serviço gratuito, frequente e penoso, tinha direito a que se lhe diminuísse o ônus, decretando um uniforme leve e maneiro. Acrescia que a barretina, por seu peso, abatia a cabeça dos cidadãos, e a pátria precisava de cidadãos cuja fronte pudesse levantar-se altiva e serena diante do poder; e conclui com esta ideia: o chorão, que inclina os seus galhos para a terra, é árvore de cemitério; a palmeira, ereta e firme, é árvore do deserto, das praças e dos jardins.

Túlio foi ver no dicionário o que era a tal da barretina – e quase não acreditou quando descobriu qual era a grande luta de Brás Cubas na Câmara. "Tanta pose, tanto verbo e citação para tirar dois dedos de altura de um chapéu que os soldados da época quase que só usavam nas paradas cívicas? Será que ele vai conseguir virar ministro com essa bobagem?"

CAPÍTULO 139
DE COMO NÃO FUI MINISTRO D'ESTADO

....

....

....

....

....

....

"Taí!", pensou Túlio. "Não precisa dizer mais nada da carreira política desse sujeito! Mas o que é que vai sobrar dele, no final das contas? Ele faz tudo virar 'outra de menos', que nem o demônio das moedas. Ou, então, ele é o próprio demônio, assombra a si mesmo. E o que ele toca vira pó. Pó de defunto! É isso? Dele só vai sobrar mesmo pó, é isso!"

Daí, remexeu-se e remexeu-se na cama, estranhando essa que estava sendo a primeira insônia encucada de sua vida. E então pensou em Virgília.

Sua Virgília.

E parou para prestar atenção no silêncio que vinha do cemitério. Ficou muito, muito tempo assim, até ouvir o primeiro galo cantar, ainda com céu escuro. A próxima coisa que viu, assim que abriu os olhos, foi a manhã, uma manhã pálida, mas limpa, clara, entrando por sua janela.

• 17 •

De cão e de filósofo, todo personagem (de Machado) tem um pouco

Naquela noite em que Túlio seria apresentado à insônia de quem não está conseguindo se entender consigo mesmo, Virgília estava vigiando a porta da casa de seu Quincas, escondida detrás da jabuticabeira. Quando viu o garoto saindo, e teve a certeza de que ele já se afastara, deixou seu esconderijo e entrou. O avô a recebeu com um ar zombeteiro:

– Adivinha quem acabou de sair?

Virgília fez uma careta, sem se dignar a responder. Percebeu no ato que seu Quincas adivinhara que ela estivera de tocaia até Túlio ir embora. Era claro que o avô sabia também que a garota sabia que ele sabia.

– Será que eu ainda tenho vez para conversar com você sobre o *Memórias póstumas?* – cobrou Virgília.

Dessa vez, quem não respondeu foi seu Quincas, que sorriu de novo, mais zombeteiro ainda. Virgília prosseguiu:

– No pedaço que estou lendo, acabou de aparecer o seu xará. Ou melhor, ele apareceu de novo. Já tinha passado pela história, lá na infância do Brás Cubas – Virgília abriu o livro. – O nome dele é Quincas Borba. Foi colega de escola do Brás Cubas.

– Um personagem muito curioso, muito... instigante! – comentou o velho Quincas. – Nosso defunto autor sempre teve simpatias por ele.

– É mesmo. Olha só aqui: "Uma flor, o Quincas Borba. Nunca em minha infância, nunca em toda a minha vida, achei um menino mais gracioso, inventivo e travesso. Era a flor, e não já da escola, senão de toda a cidade". Só que essa tal flor, de quem o Brás Cubas gostava tanto, aprontava mil e umas. Não perdoava um professor pelo seu nome, Ludgero Barata, e divertia-se colocando baratas mortas nos bolsos das calças do sujeito. Depois da escola, Brás Cubas e Quincas Borba perderam contato por longo tempo, até que se reencontraram, num parque público. Quincas Borba já não parecia uma flor, havia virado um mendigo. Estava vestido com trapos, magro de assustar, dormindo pelas ruas. O gozado foi que se aproveitou de um abraço do Brás Cubas para surrupiar o relógio dele. Depois, nesse trecho que eu estou lendo, ele aparece de novo, e já está totalmente diferente outra vez.

– Que nem naquela história das edições da pessoa – lembrou seu Quincas: – "o homem é (...) uma errata pensante (...) Cada estação da vida é uma edição, que corrige a anterior, e que será corrigida também, até a edição definitiva, que o editor dá de graça aos vermes".

– Bem – prosseguiu Virgília. – Essa nova edição veio anunciada numa carta, que deixou o Brás Cubas muito surpreso...

Por esse tempo recebi uma carta extraordinária, acompanhada de um objeto não menos extraordinário. Eis o que a carta dizia:

"Meu caro Brás Cubas,

"Há tempos, no Passeio Público, tomei-lhe de empréstimo um relógio. Tenho a satisfação de restituir-lho com

esta carta. A diferença é que não é o mesmo, porém outro, não digo superior, mas igual ao primeiro. (...) Muitas coisas se deram depois do nosso encontro; irei contá-las pelo miúdo, se me não fechar a porta. Saiba que já não trago aquelas botas caducas, nem envergo uma famosa sobrecasaca cujas abas se perdiam na noite dos tempos. Cedi o meu degrau da escada de São Francisco; finalmente, almoço.

"Dito isto, peço licença para ir um dia destes expor-lhe um trabalho, fruto de longo estudo, um novo sistema de filosofia (...) É singularmente espantoso este meu sistema; retifica o espírito humano, suprime a dor, assegura a felicidade, e enche de imensa glória o nosso país. Chamo-lhe Humanitismo, de Humanitas, princípio das coisas. Minha primeira ideia revelava uma grande enfatuação; era chamar-lhe borbismo, de Borba; denominação vaidosa, além de rude e molesta. E com certeza exprimia menos. Verá, meu caro Brás Cubas, verá que é deveras um monumento; e se alguma coisa há que possa fazer-me esquecer as amarguras da vida, é o gosto de haver enfim apanhado a verdade e a felicidade. Ei-las na minha mão, essas duas esquivas; após tantos séculos de lutas, pesquisas, descobertas, sistemas e quedas, ei-las nas mãos do homem. Até breve, meu caro Brás Cubas. Saudades do

Velho amigo
Joaquim Borba dos Santos."

Li esta carta sem entendê-la. Vinha com ela uma boceta contendo um bonito relógio com as minhas iniciais gravadas, e esta frase: Lembrança do velho Quincas.

(...) Naturalmente o Quincas Borba herdara de algum dos seus parentes de Minas, e a abastança devolvera-lhe a primitiva dignidade. Não digo tanto; há coisas que se não podem reaver integralmente; mas enfim a regeneração não era impossível. Guardei a carta e o relógio, e esperei a filosofia.

– Daí – observou Virgília –, quando a tal filosofia veio...

– Humanitas, dizia ele, o princípio das coisas, não é outro senão o mesmo homem repartido por todos os homens. Conta três fases Humanitas: a estática, anterior a toda a criação; a expansiva, começo das coisas; a dispersiva, aparecimento do homem; e contará mais uma, a contrativa, absorção do homem e das coisas. A expansão, iniciando o universo, sugeriu a Humanitas o desejo de o gozar, e daí a dispersão, que não é mais do que a multiplicação personificada da substância original.

– Mas, que coisa é essa? – protestou Virgília. – Acho que não tem nada a ver coisa com coisa nenhuma. Tudo absurdo! Você vai ter de me explicar.

– Não vai dar. Eu também não entendi até hoje. Acontece que gente como Brás Cubas aceita até porcaria, contanto que seja dita com firula. Ou seja, em cabeça vazia, até vento pesa!

– Outro ditado, vovô? – riu Virgília.

– Mas não se aplica bem ao Brás Cubas? Olha só como ele fica encantado com a tal filosofia do seu ex-colega de escola:

Para que negá-lo? eu estava estupefato. A clareza da exposição, a lógica dos princípios, o rigor das consequências, tudo isso parecia superiormente grande, e foi-

me preciso suspender a conversa por alguns minutos, enquanto digeria a filosofia nova. Quincas Borba mal podia encobrir a satisfação do triunfo. Tinha uma asa de frango no prato, e trincava-a com filosófica serenidade. Eu fiz-lhe ainda algumas objeções, mas tão frouxas, que ele não gastou muito tempo em destruí-las.

Virgília soltou uma gargalhada.

– Ah, que fantástico! E o pior – disse ela, muito criticamente – é que, até onde eu li, o Brás Cubas se torna um seguidor desse Quincas Borba.

– Sabe o tal ditado, "em terra de cego quem tem um olho é rei"? – indagou Quincas, o coveiro.

– Quer dizer...?

– Pense só em quem é o Brás Cubas. Um sujeito sem substância. Um homem que só pensa em si mesmo, que se acha o centro do mundo e se julga muito importante por direito de nascença. Um medíocre, que dá extremo valor à aparência das coisas. Eu acho... – E seu Quincas hesitou, antes de falar. Tinha medo de que suas opiniões fossem levadas "a sério demais", como ele mesmo dizia. – ... Bem, o que eu acho é que a gente tem de ler esses trechos tão filosóficos do Quincas Borba como uma grande gozação.

– Gozação com a gente, que tenta entender essa "filosofia"!

– E com a elite abastada daquele tempo. Uma elite que cultivava o ócio e desprezava quem tinha de ganhar a vida dando duro. Que poderia até construir um país melhor, mais grandioso, mas que não teve nem talento, nem preparo, nem imaginação, nem muito menos vontade de trabalhar para isso. Agora, veja nosso Brás Cubas, um legítimo filho dessa elite. Mesmo tendo todas essas limitações de caráter, Brás Cubas é *dono*. É o dono *dessa* história. Ele recebe dado, de mão beijada, o direito de narrá-la. Veja só o Machado, por outro lado, de origem pobre, aprendendo a ler e se educando com esforço, mulato, num país que ainda tinha escravos e foi o último do mundo a abolir a escravidão. Ou seja, como o seu amigo Túlio disse, era como se Brás Cubas e Machado de Assis fossem um o oposto do outro.

– Não acredito que o Túlio tenha sacado isso – debochou Virgília.

– Ah, vai dizer que não lembra? – seu Quincas provocou. Virgília revirou os olhos, provocando um sorriso no avô. – Você arrebita muito esse seu narizinho metido a esperto para aquele garoto, mas ele tem bons miolos. E os está usando cada vez melhor!

– Hum!

– Só para você saber... Esse Quincas Borba vai aparecer em outro livro do Machado, o romance *Quincas Borba*.

– Mais uma edição?

– Dá para dizer isso, sim. O Quincas Borba desse outro livro é filósofo, ora aparece rico, ora mendigo, e tem um cachorro que batizou de Quincas Borba. Muita gente ficou discutindo se o título se referia ao cachorro ou ao filósofo.

– Como em uma charada? – arriscou Virgília. – E qual é a resposta?

– Sei lá. Não dá para saber. Pode ser apenas uma brincadeira. O Machado não é o autor? Tem o direito de brincar nos seus textos, e até de colocar enigmas que não têm resposta. É o que eu acho que é: um enigma parecendo muito significativo, muito importante, mas cuja resposta não importa, se é que há alguma.

E dali a garota pulou para onde Brás Cubas relata a última aparição de Quincas Borba, já no final do livro. Era o próximo trecho sobre o qual queria conversar com o avô:

Compreendi que estava velho, e precisava de uma força; mas o Quincas Borba partira seis meses antes para Minas Gerais, e levou consigo a melhor das filosofias. Voltou quatro meses depois, e entrou-me em casa, certa manhã, quase no estado em que eu o vira no Passeio Público. A diferença é que o olhar era outro. Vinha demente. Contou-me que, para o fim de aperfeiçoar o Humanitismo, queimara o manuscrito todo e ia recomeçá-lo. A parte dogmática ficava completa, embora não escrita; era a verdadeira religião do futuro.

– Juras por Humanitas? perguntou-me.

– Sabes que sim.

A voz mal podia sair-me do peito; e aliás não tinha descoberto toda a cruel verdade. Quincas Borba não só estava louco, mas sabia que estava louco, e esse resto de consciência, como uma frouxa lamparina no meio das trevas, complicava muito o horror da situação. Sabia-o, e não se irritava contra o mal; ao contrário, dizia-me que era ainda uma prova de Humanitas, que assim brincava consigo mesmo. Recitava-me longos capítulos do livro, e antífonas, e litanias espirituais; chegou até a reproduzir uma dança sacra que inventara para as cerimônias do Humanitismo. A graça lúgubre com que ele levantava e sacudia as pernas era singularmente fantástica. Outras vezes amuava-se a um canto, com os olhos fitos no ar, uns olhos em que, de longe em longe, fulgurava um raio persistente da razão, triste como uma lágrima...

Morreu pouco tempo depois, em minha casa (...)

Virgília balançou a cabeça, comovida:

– Tão triste...! – murmurou.

– A morte do Quincas Borba? – perguntou seu Quincas.

– Também... Mas tô com pena é do Brás Cubas.

– Não diga!

– Sério – fungou Virgília.

– Eu avisei, não foi? Bem no começo dessa história toda, quando você já tinha condenado o sujeito, eu disse que esse momento podia chegar.

Virgília assentiu com um lento movimento de cabeça. E sem nenhum constrangimento, agora. Mas contra-atacou:

– Eu ainda tenho raiva dele também. Ele é um cretino, um...

– Tudo bem – aceitou seu Quincas. – Ele é isso *também*. A gente tem um lado e um outro lado também, *não é*?

– Só que... – E a voz da garota tornou-se de novo tristonha. – A vida toda dele foi o quê? Até essa fé dele no Quincas Borba e no Humanitismo não deu em nada. E, no final, se dá conta de que o sujeito é louco. O sujeito que no livro todo foi o grande amigo dele! O único! Então, já imaginou o quanto o Brás Cubas deve estar desapontado com tudo... e consigo mesmo?

– Outra de menos... Outra de menos! – entoou seu Quincas. – Que nem aquele demônio que assombrava o Brás Cubas.

"E a mim também", não pôde evitar de pensar o velho coveiro.

– E ele vai terminar sozinho, não vai? Totalmente sozinho! – disse Virgília, as frases entrecortadas.

Seu Quincas a fitou por um instante, condoído. Seu primeiro impulso foi responder dizendo: "Pior, minha neta! Acho que o fim dele é pior do que ficar *sozinho*!".

Mas não disse.

Virgília respirou fundo, fechou o livro, empurrou-o sobre a mesa, afastando-o. Então, com uma voz que mal dava para se ouvir, falou:

– É que... Nada aqui deu certo para mim, vovô.

– E você sabe por quê? – disse seu Quincas, ternamente, e com toda a naturalidade do mundo, como se a neta não tivesse passado tão de repente do livro para os problemas que estava vivendo na cidade.

Virgília assentiu com a cabeça:

– Eu não quero ser como todo mundo. Quero ser eu mesma!

– Mas precisa agir logo de cara como se ninguém fosse gostar de você, sendo você mesma?

– Sei lá... – murmurou Virgília, fungando repetidamente.

– Bem, o medo estraga as coisas. Principalmente quando afasta o que a gente mais quer.

Virgília contraiu o rosto, chateada.

– Mas, no meu caso, estragou demais. Só tem um jeito, agora: vou embora desta cidade!

Foi a vez de seu Quincas engasgar e se esforçar para reprimir um par de lágrimas que tentou se formar nos seus olhos.

· 18 ·
O hipopótamo voador

DAS NEGATIVAS

Entre a morte do Quincas Borba e a minha, mediaram os sucessos narrados na primeira parte do livro. O principal deles foi a invenção do emplasto Brás Cubas, que morreu comigo, por causa da moléstia que apanhei. Divino emplasto, tu me darias o primeiro lugar entre os homens, acima da ciência e da riqueza, porque eras a genuína e direta inspiração do céu. O acaso determinou o contrário; e aí vos ficais eternamente hipocondríacos.

Este último capítulo é todo de negativas. Não alcancei a celebridade do emplasto, não fui ministro, não fui califa, não conheci o casamento. Verdade é que, ao lado dessas faltas, coube-me a boa fortuna de não comprar o pão com o suor do meu rosto. Mais; não padeci a morte de Dona Plácida, nem a semidemência do Quincas Borba. Somadas umas coisas e outras, qualquer pessoa imaginará que não houve míngua nem sobra, e conseguintemente que saí quite com a vida. E imaginará mal; porque ao chegar a este outro lado do mistério, achei-me com um pequeno saldo, que é a derradeira negativa des-

te capítulo de negativas: – Não tive filhos, não transmiti a nenhuma criatura o legado da nossa miséria.

– E fim! – exclamou Túlio, recostando-se para trás. E ao mesmo tempo a sua cabeça entrara num rodopio espantado.

"Como é que pode?"

Ele respirou fundo. Estava no pátio do colégio. Ao descer, metera-se num canto, atrás da lanchonete, para poder enfiar a cara no livro e terminar a leitura sem ninguém atrapalhar.

"Eu não sabia...", disse para si mesmo, quando sentiu finalmente a velocidade de seus pensamentos diminuir e pôde se entender com sua própria cabeça. "Não sabia que o que a gente perde, e sabe que perdeu porque deixou perder, dói tanto... Que a gente pode chegar ao fim da vida e dizer que o que fez no mundo foi não fazer coisa nenhuma, mas... Mas, de repente... de repente... acontece. Coisas assim acontecem! De repente a gente vai ver e tanto deixou se perder que sobrou um... *Das negativas. E só!*"

– Por onde você andou, cara? – Era a voz do Bronquinha.

Túlio levantou os olhos e viu seu amigo e Vanessa chegando. A garota abriu um sorriso.

O garoto ficou parado, ainda meio cá, meio lá, como se a chegada de Vanessa e Bronquinha é que tivesse sido coisa do Outro Mundo.

– Você... ainda tá lendo esse livro? – estranhou Vanessa, ao ver o que Túlio tinha nas mãos.

– Terminei agora.

– Terminou? – estranhou Bronquinha, agora. – Você leu o livro... inteiro?

Túlio balançou a cabeça, assentindo. Bronquinha fez beiço e deu de ombros:

– Você já sabe? Sobre a Vampira.

– A Virgília? – teimou Túlio, irritando-se sem perceber.

– Ela vai embora da cidade – disse Bronquinha. – Eu tava na secretaria e vi ela perguntando como se faz para cancelar a matrícula no colégio. Até que enfim se convenceu de que ninguém gosta dela aqui. E depois do fora que você deu nela...

– Fora, não! – riu Vanessa. – Você nem chegou a namorar ela de verdade, não foi? Eu disse às minhas amigas que você não ia se meter com aquela esquisitona.

– A turma tá esperando você, cara – reforçou Bronquinha. – Agora que você... – ele hesitou, fez uma careta, deu de ombros de novo – terminou o livro, vai voltar a andar com a gente, não vai?

– Das negativas... O legado da nossa miséria...

– Hem? – exclamou Bronquinha.

– O que foi que você disse? – estranhou Vanessa.

Túlio levou um susto. Não percebeu que estava pensando em voz alta. Então, se pôs de pé e já ia passando direto por Bronquinha e Vanessa.

– Túlio! – Bronquinha segurou seu braço. – Onde é que você vai?

– Tô com uma coisa importante pra fazer agora. Vou fazer um hipopótamo voar! Tchau! – disse, soltando o braço.

– Mas que história é essa? Hipopótamo não voa! – esbravejou Bronquinha, quase assustado. Vanessa, ao seu lado, ficou boquiaberta.

– O meu voa! – respondeu Túlio, já se mandando acelerado.

* * *

A rua que rodeava o cemitério era bastante tranquila, mas não deserta. Pelo menos, não de dia. Havia uma mercearia numa ponta, uma farmácia na outra, a vila de casas; enfim, havia sempre pessoas passando. Só que, naquela tarde, elas não estavam passando. Estavam parando.

Parando para ver Túlio, em frente do portão da casa de seu Quincas, cantando o mais alto que podia o "Maluco beleza", do Raul Seixas:

Eu do meu lado, aprendendo a ser louco
Um maluco total
na loucura real

Controlando a minha maluquez
misturada com minha lucidez

Vou ficar
ficar com certeza
maluco beleza...

Ninguém estava acostumado a ver serenata na porta do cemitério.

Nem à luz do dia.

Daí, todos pararam para ver a cena.

Túlio percebeu, e teve uma vontade danada de fugir.

Mas ele continuou a cantar. Mais alto ainda.

Até que viu sair pelo portão Virgília. Toda de preto, os cabelos encaracolados e soltos para trás.

Mas sem a maquiagem preta. E vestindo uma calça *jeans* (preta), que ele nem sabia que ela tinha, no lugar da habitual saia de bruxa.

A garota ficou parada um instante, olhando para ele, enquanto Túlio colocava mais entusiasmo ainda na cantoria. Até que ela o interrompeu:

– Chega! Você vai acordar os defuntos! Para de cantar com essa voz horrível, que eu converso com você.

Túlio calou sua voz já rouca. Com muito esforço, conseguiu fingir que a plateia não estava ali, senão ele era capaz de se meter numa tumba, antes que...

"Antes que o quê...? Que fiquem achando que eu não sou normal? Mas eu não quero mais ser o tal 'sujeito normal'. Ora, não é isso, querer eu quero, mas não o tempo todo, tá?"

Enquanto discutia consigo mesmo sobre ser ou não ser normal, a plateia na rua já trocava acenos de cabeça e comentários satisfeitos: "Ele parou de cantar", "Até que enfim!", "Ela topou conversar com ele, faz bem!". E ninguém arredava pé, querendo assistir ao final do episódio.

Virgília hesitou, intimidada diante de tantos olhares voltados para ela. Mas soltou um suspiro conformado e começou:

– Eu toco meu violino aí dentro do cemitério de noite porque não tem ninguém por lá. Fico envergonhada quando tem gente me vendo tocar...

O pessoal assentiu, compreensivo. Túlio idem.

– Me visto assim de preto porque... Eu gosto de preto! E dane-se!

Túlio ia protestar que ela não precisava só vestir preto, mas resolveu que essa parte da negociação podia ficar para mais tarde.

Mais gestos de assentimento. Também havia muita gente ali que gostava de preto.

– Mas... quem sabe uma hora vou lá pra arquibancada do ginásio da cidade torcer por você, na seleção de vôlei.

– Jura?

– Pode ser, ora.

– E vai gritar *TÚ-LIÔ! TÚ-LIÔ*?

– Não abusa!

– Tá, mas, tirando isso, então... – arriscou o garoto.

– Tirando isso... – ela foi se aproximando dele – e se você achar que consegue não prestar tanta atenção no que fica dizendo aquela turma idiota...

– Eles são meus amigos, e eu prometo que dou um jeito neles, para não implicarem mais com você. Ou vão deixar de ser meus amigos! Mas será que para facilitar você não pode deixar de chamar eles de idiotas?

Virgília hesitou, mas terminou cedendo:

– Tá certo! – ela sorriu, embaraçada, depois disse, bem baixinho, quase com medo: – Mas, e você... não acha que a gente... Quero dizer, eu acho que a gente devia... Não devia?

Eles já estavam cara a cara.

– É, deve.

– ...!

– ...!

E a plateia aplaudiu, porque nessa hora do beijo sempre dá uma vontade na gente de bater palmas. Já havia no céu de quase noite as primeiras estrelas piscando, inclusive o Cruzeiro do Sul, como se tivessem segredos reservados aos dois. Os uivos dos cachorros, perdidos pelas colinas em volta, comemoraram a cena final.

• Epílogo •

A negação de *Das negativas*

Ou melhor, não foi aquela a cena final.

Nem bem havia amanhecido e seu Quincas já estava de pé.

Passara a noite perambulando em meio à serenidade das tumbas. Ficou horas sentado por lá, observando a rota seguida pelas estrelas no céu. Conversara com algumas estátuas de anjo com as quais tinha mais intimidade. Reviveu lembranças. Muitas e muitas lembranças. Chorou bastante.

E, quando retornou para casa, já tinha tomado sua decisão. Dormiu menos de duas horas, se é que dormiu. E já tão cedo estava ali, terminando um bilhete que deixou para Virgília.

Escreveu apenas que voltaria dali a uma semana. Não explicou no bilhete o que pretendia fazer.

"Mas acho que ela vai adivinhar", disse a si mesmo, pensando na neta e acariciando o bolso lateral do casaco. Nesse bolso, tinha um livro em formato pequeno, uma edição antiga de *Memórias póstumas de Brás Cubas*. Na página do capítulo final, "Das negativas", enfiara uma folha dobrada, e nessa folha estavam anotados os endereços atuais das duas filhas e da ex-mulher.

"Elas podem bater a porta na minha cara, podem me xingar, podem... mas podem também dizer 'quem é vivo sempre aparece'", riu-se. "Ou podem não dizer coisa alguma e ficar estateladas de surpresa. Nessa, aproveito para entrar e começar a falar. Daí..."

O velho Quincas deu de ombros, resignado. Daí... quem podia prever?

Sem ruído, deixou a casa, atravessou o pequeno jardim e o portão na lateral do muro em ferradura que cercava o cemitério. Caminhava com passadas firmes. Em poucos minutos já havia desaparecido no alto da rua, que ainda resistia a despertar.

Outros olhares sobre *Memórias póstumas de Brás Cubas*

Depois de acompanhar a história de Túlio e Virgília, escrita por Luiz Antonio Aguiar, que tal saber um pouco mais sobre a importância de Memórias póstumas de Brás Cubas *e de seu autor, além de conhecer outras criações inspiradas por esse grande clássico da literatura?*

Ousado. Inovador. Permanente.

Tem toda a razão o personagem Quincas, de *O voo do hipopótamo*, ao comentar que muita gente elege o ano de 1881 como a data da *maioridade* da literatura brasileira. E por uma ótima razão: nesse ano foi lançado, em livro, *Memórias póstumas de Brás Cubas*.

Na verdade, o texto surgiu no ano anterior, publicado em capítulos na *Revista Brasileira*. E, desde o momento em que apareceu, começou a gerar polêmica. Era não só diferente dos romances que Machado de Assis já publicara – os quatro romances *românticos* (*Ressurreição*, *A mão e a luva*, *Helena* e *Iaiá Garcia*) –, como também, por seu humor irônico, sua fragmentação narrativa e seu teor crítico, uma "criatura à parte" na própria literatura brasileira.

Foi uma grande ousadia de Machado de Assis. Ele já era um escritor conhecido, consagrado, tinha seu público – conquistado em parte à custa de suas novelas folhetinescas, nas quais o

Escrivaninha de Machado de Assis. Aqui surgiram muitas de suas histórias, inclusive *Memórias póstumas de Brás Cubas*, que ficariam eternizadas na memória de várias gerações de leitores.

© Centro de Memória da Academia Brasileira de Letras

Na Academia Brasileira de Letras, o painel de Glauco Rodrigues sobre Machado de Assis homenageia um dos seus fundadores e primeiro presidente.

amor e os desencontros dos casais eram o centro da trama –, e de repente lançou um livro que surpreendia os seus leitores cativos, a crítica, e continua surpreendendo até hoje.

De fato, *Memórias póstumas de Brás Cubas* e os romances posteriores (*Quincas Borba, Dom Casmurro, Esaú e Jacó* e *Memorial de Aires*) parecem escritos por uma mão diferente, ou, mais do que isso, parecem brotar de uma alma diferente. Essa distância entre o Machado de antes e a partir de *Memórias póstumas* é uma das questões que intrigam os estudiosos da obra do *Bruxo*.

Machado não repetiu as ousadias de *Memórias póstumas* nos romances seguintes. Cometerá outras, e excepcionais. Irá se tornar um mestre em descarnar a alma humana com poucas pinceladas, em armar arapucas narrativas para seus leitores e em conferir múltiplos significados às palavras e às frases. Entretanto, *Memórias póstumas*, "escrita com a pena da galhofa e a tinta da melancolia", permanecerá para sempre uma obra originalíssima.

E se essa obra representa a maioridade da literatura brasileira é porque assumiu sua peculiaridade no mundo literário – com o livro, reinventou-se nossa literatura, e o que é escrever sobre o Brasil e a vida brasileira. *Memórias póstumas* encontra um discurso próprio, seu, para narrar *aquela história*, que só poderia ser narrada *daquele jeito* por *aquele personagem* – é um caso raríssimo de um livro que constrói para si próprio sua identidade literária: uma maneira toda exclusiva de a literatura compreendê-lo, de se referir a ele. É, em si, um gênero: é *Memórias póstumas de Brás Cubas*, sem similares. É como se a literatura precisasse se ampliar para abranger essa nova obra, que por sua vez é quem exerce o efeito de ampliar a literatura, abrindo espaço para si mesma. Complicado? Então há uma palavra que resume e define isso tudo: *Memórias póstumas de Brás Cubas* é um romance inovador.

Pelo mundo afora

Ao contrário do que o narrador disse de si mesmo no final do livro ("Não tive filhos, não transmiti a nenhuma criatura o legado de nossa miséria"), o autor cresceu e multiplicou-se. Machado de Assis foi consagrado em vida como o maior escritor da literatura brasileira – algo até hoje raro no Brasil –, e *Memórias póstumas* é o seu livro mais comentado.

Foi essa obra que levou muitos críticos estrangeiros a voltarem os olhos para o autor; Harold Bloom – famoso estudioso norte-americano, com grande paixão pelos clássicos da literatura universal –, depois de ler *Memórias póstumas*, listou Machado entre os cem maiores gênios literários da história da humanidade (ao lado de Shakespeare, Dostoievski, Dante e outros), no seu livro *Gênio*. Foi, ainda, a obra de Machado que angariou o maior número de

© Centro de Memória da Academia Brasileira de Letras

Pela genial criação de *Memórias póstumas de Brás Cubas*, importantes críticos literários colocam Machado de Assis entre os maiores escritores de todos os tempos. (Estátua de Machado de Assis na entrada da Academia Brasileira de Letras, RJ.)

leitores célebres, como o cineasta americano Woody Allen, que declarou, sobre o livro: "(...) li Machado de Assis. Achei que é um escritor excepcional. Achei Machado de Assis excepcionalmente espirituoso, dono de uma perspectiva sofisticada e contemporânea, o que é incomum, já que o livro (*Memórias póstumas*) foi escrito há tantos anos. Fiquei muito surpreso. É muito sofisticado, divertido, irônico. Alguns dirão: ele é cínico. Eu diria que Machado de Assis é realista".

"Um escritor excepcional e um romance sofisticado." Assim o famoso cineasta Woody Allen considera Machado de Assis e seu *Memórias póstumas de Brás Cubas*.

Juntamente com *Dom Casmurro*, *Memórias póstumas* é o romance mais traduzido de Machado. Em inglês, virou *Epitaph of a small winner* ("Epitáfio de um vencedor medíocre"); em francês, *Mémoires d'outre-tombe de Braz Cubas* e, em italiano, *Memoire dall' Aldilá* (ambos podem ser traduzidos como "Memórias de além-túmulo"); em uma outra versão francesa, recebeu o título *Mémoires posthumes de Brás Cubas*. Em alemão, temos *Die Nachträglichen Memoiren des Bras Cubas*. Em holandês, ficou *Laat commentaar van Bras Cubas*; em dinamarquês, *En Vraten herres betragtninger*, e, em servo-croata, *Posmrtni zapisi Brasa Cubasa*. São apenas alguns exemplos: hoje, *Memórias póstumas* já deu volta ao mundo. Só que, diferentemente de norte-americanos e ingleses, franceses, italianos, alemães, holandeses, dinamarqueses, servo-croatas e outros, nossa sorte é poder ler Machado de Assis na língua em que ele escreveu, sendo ela também o idioma que falamos, com que pensamos e sonhamos e que, até intuitivamente, pelo uso e convivência, conhecemos em suas sutilezas, ambiguidades e intimidade.

  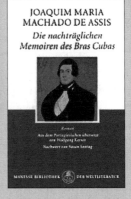

Do português para vários outros idiomas, *Memórias póstumas de Brás Cubas* conquistou leitores em muitas partes do mundo.

O defunto autor imortalizado

Memórias póstumas de Brás Cubas também transmitiu seu legado para um grande artista plástico brasileiro, Cândido Portinari.

Em 1943 foi fundada no Rio de Janeiro, por iniciativa de Raimundo Ottoni de Castro Maya, a Sociedade dos Cem Bibliófilos do Brasil. Um de seus objetivos era lançar livros em edições críticas de alta qualidade. A primeira obra editada foi *Memórias póstumas*, com ilustrações de Portinari.

No lançamento dessa preciosa edição, em 1944, a biógrafa de Machado, e uma de suas estudiosas mais sensíveis, Lúcia Miguel-Pereira, escreveu no jornal *Correio da Manhã* uma resenha na qual afirmava: "Os desenhos (de Portinari) representam, para o texto do romance, uma interpretação equivalente, sob certos aspectos, a uma análise crítica. Conservam-lhe a atmosfera, aquele misto de compostura e libertinagem intelectual, de ironia puxando para a amargura, e a graça de uma elaborada simplicidade de tédio e amor à vida".

No teatro, há pelo menos duas versões de *Memórias póstumas* que alcançaram sucesso. Uma, de 1998, foi adaptada e dirigida por Regina Galdino, tendo Cassio Scapin no papel principal. A outra, com direção de Eduardo Couto, ficou em cartaz durante quatro anos ininterruptos (de 1999 a 2002) e ganhou prêmios importantes – melhor espetáculo na avaliação do júri popular do Festival Latino-americano de Campo Grande (1999) e do Festival Nacional de Penápolis (2000) –, além de ter sido vista por milhares de pessoas em cerca de duzentas apresentações realizadas em 23 cidades de quatro estados. Com Denilson Biguette no papel principal, essa versão adaptou o romance para um monólogo único e contínuo do defunto autor.

Houve ainda três versões para o cinema. A primeira, bastante experimentalista, foi rodada em 1967, com o título *Viagem ao fim do mundo* e sob a direção de Fernando Cony Campos. Uma segunda versão, dirigida por Júlio Bressane e com Luiz Fernando Guimarães no papel principal, foi rodada em 1985. Em 2001, nova versão, dirigida por André Klotzel e tendo Reginaldo Faria no papel de Brás Cubas. O filme foi o grande vencedor do Festival de Gramado de 2001, ganhando os *Kikitos* de melhor filme, melhor diretor, melhor atriz coadjuvante para Sonia Braga, interpretando a prostituta Marcela, e melhor roteiro (Klotzel).

O enterro de Brás Cubas, na visão de Cândido Portinari.

Portinari retrata o delírio de Brás Cubas, no lombo do hipopótamo.

A história narrada pelo defunto autor também fez sucesso nas telas dos cinemas. Nesta cena, a representação do delírio de Brás Cubas, interpretado por Reginaldo Faria.

Nessa versão, o cinismo que Reginaldo Faria incorpora ao seu jeito habitual de interpretar papéis, no cinema e na tevê, combinou muito bem com o texto irônico de *Memórias póstumas* e as características de Brás Cubas.

Por conta de sua irreverência, inovação na forma e na visão de Brasil e de mundo que transmitia, *Memórias póstumas* foi um livro de certo modo estranho à sua própria época. No entanto, foi fundamental para as transformações que renovaram a literatura brasileira, a partir da década de 1920, com os modernistas – era como se o livro tivesse de esperar mais de quarenta anos para ser lido com atenção. E, como se viu, pela quantidade de versões para outros meios, traduções e toda repercussão que continua tendo, não parou por aí. *Memórias póstuma*s, mais de um século depois, permanece um marco na literatura, ganhando cada vez mais importância e causando impacto em um número crescente de pessoas.

Nada mau para um romance cujo narrador abre sugerindo que só teria, talvez, cinco leitores.